옆구리의 발견

옆구리의 발견

이 병 일 시 집

창비

차 례

격장

작은 돌, 큰 돌, 옆구리가 깨진 돌, 대가리 날카로운 돌 모아 담장을 쌓아올린다. 황토와 짚을 잘 섞어서 두 집 사이에 돌 울타리를, 매화나무와 감나무의 경계선을 후회도 없이 쌓아올린다. 나는 큼지막한 돌덩이를 양손으로 옮긴다, 감나무 그늘로 옮긴다. 저만치 매화나무 꽃눈이 지켜봐도 돌풍과 작달비에 끄떡없는 돌담을 쌓는다.

오늘 나는 담장을 쌓아올리며 겨우내 잠자던 어깨 근육을 흔들어 깨웠다. 돌덩이 하나 놓고 수박만한 태양을 놓는다. 돌덩이 하나 놓고 굴참나무숲 그림자를 놓는다. 곰곰이 바람의 각도와 수평을 맞추고 또다시 돌덩이와 재미없는 한낮의 하품을 마저 놓는다. 그때 나는 줄곧 이 담장 타기를 좋아하는 장미나 능소화의 유쾌한 질주를 생각한다.

나는 자명하게도 담장을 쌓는 일에 끝없는 동작으로 있는 힘을 탕진 중이다. 누가 또 돌담을 쌓아 격장(隔墻)을 이루는가, 그러나 나는 돌담처럼 맑디맑게 정다울 것이다.

아직 봄은

아직 봄은 저 바깥에 머물고 있었던 거다

나무는 봄이 비좁다고 느껴질 때마다

피안을 끌고 들어가는 꽃송이와 새순을 토해낸 거다

그러니까 이제 봄비 그친 직후, 꽃나무를 보는 것은 멀리
하자

밀려나오는 꽃순 소리는 새파란 음악이 되었다

그건 영원한 바깥을 열어주는 꿈이었다, 생이 가려웠으나

당신은 아름다움 끝에 있는 폐허를 좋아했다

새순과 꽃송이엔 흉터가 자라고 있었다

바깥이 바깥 안에 든 다른 생으로 몸을 바꿨다

오늘 당신은 낮에 나온 꽃자리를 보며 생을 찾아간다

그러나 흰 영구차의 매연이 눈부시게 빛날 때처럼

이 바깥 세계에 있는 세상은 세상 아닌 듯 투명해졌다

미수

뼛속을 비운 것들은 공중을 까마득하게 빛내고

노부(老父)는 청보리 햇볕 내리쬐는 토방에서 눈 감고

귀만 껌벅껌벅하며

함박지붕 핥는 댓바람 소리에 자다가 깨어나고

그을음 더 깊은 저승꽃은 내생을 훔치고

파릇한 혼백 내려놓고 그길로 뒤도 돌아보지 않고

구천을 넘나드는 누에잠에 찬찬히 들고

앵두나무 희고 붉은 꽃그늘 아주 깜깜해질 때까지

앵두가 탱글탱글 가야 할 곳의 풍경을 담아둘 때까지

그러나 마른 몸이 흙빛으로 촉촉해질 때

거멓게 일어서는 먹구렁이의 힘줄 소리 들리고

무덤 열리는 소리 영정사진 속으로 몰래 숨어들고

내 눈으로 못 쫓아가는 숨 한번 돌리는 소리

너무 쉽게 저승 문턱까지 함부로 밀려가는데

노부의 몸은 이제 영원을 빌려와서

어찌할 도리 없이 미수(米壽)를 맞게 되었다

이제 저승사자마저 쓸쓸한 헛것으로 보인다

옆구리의 발견

나는 옆구리가 함부로 빛나서 아름답다고 생각한다

먼바다가 감쪽같이 숨겨놓은 수평선과 아가미가 죽어 나
뭇잎 무늬로 빛나는 물고기와 칼을 좋아해 심장의 운명을
감상하는 무사와 무딘 상처 속에서 벌레를 키우는 굴참나
무는 매끈한 옆구리를 지녔다

살아간다는 것은 옆구리의 비명을 엿듣는 일
그러나 일찍이 아버지는 백열등으로 괴는 늑막염 소리
듣지 못했다
갈비뼈를 자르고 한쪽 폐를 후벼 파내는 시원한 통증을
맛봐야 했다

옆구리에 속하는 것들아
옆구리에 속하지 않는 것들아
나는 먼 곳의 옆구리가 비어 있어 풍요롭다고 생각한다

오늘 나는 일몰의 격포바다에서

세상의 옆구리에 박히는 붉은 심장의 박동을 세어보기
위해

하루하루 고독을 씹어 빛나는 수평선의 옆구리를 위해

해와 달의 시간이 포개어지는 저녁이 되었다

옆구리는 환하고 낯선 하나의 세계 혹은 감미로운 상처
가 풍미하는 절벽이다

나는 아버지의 옆구리가 길고 낮게 흐느껴 우는 걸 들은
적이 있다 그 옆구리는 촉촉이 젖었고 그 옆구리는 새까맣
게 죽었고 그 옆구리는 비명을 삼킨 흉터가 되었다

이제 나는 옆구리의 모든 것을 기억할 수 있게 되었다 나
는 이쁜 옆구리를 가진 여자와 결혼하게 되었다

다시 담배꽃
향기의 대서

기꺼이 꽃대로만 중력을 느끼는 담뱃대,
캄캄한 진물로 상처를 봉해버린 시간이 눈멀어 있다

소스라치게 아름다운 비명소리는
하루를 진분홍 화관(花冠)으로 피워서
아직도 눈 마주치지 못한 뱀눈나비를 기다리는지
넉살 좋게 살이 통통 오르는 담뱃잎의 결이 고와진다

그러나 나는 아직도 그 숨결이
삼복더위에 역광으로 빛나고 있음을
숨 멎던 꽃의 혼이 미열을 지니고 있음을 안다

애당초 이것은
끝끝내 굴복하지 않는 절명의 시다
여태껏 담배꽃은 공중에게 음심을 보여준 적이 없다
그러니 그 정절하는 마음이
맵디매운 독이 되는 것은 어쩔 도리가 없다
구름을 찢고 나온 낮달이 그걸 보고 하얗게 몸서리친다

이제는 칼날에 비치던 잔광들이 꽃도 없이
폭염을 견디는 메마른 꽃대를 흔들어 깨우고
그 환상통은
눈부신 담배꽃 숭어리를 신명나게 피워놓는다

이윽고 초가을빛 하늘을 높이 쳐들고 날아온
뱀눈나비의 맑은 체위가 시작되고
그 꽃방에선 또 꽃의 혼 같은 달이 숨고
그러니까 담배꽃은 활짝 피워보지도 못했다는 생각으로
　오롯이 갈증 삼키듯 숨도 못 쉴 향기의 대서(大暑)를 펼
치는 거다

인공수정

나무도마에 올려놓은 연어의 대가리를 내려친다
아가미의 발악을 짓누른 방망이는 불그스레하다

또록또록 눈알을 굴리는 아가미의 호흡 그러나
의지와는 상관없이 싱싱한 알을 꺼내는 순간
연어는 가장 황홀하고 그저 멍 때리는 죽음을 맛본다

수컷의 정액 빠짐이 힘차서 좋다, 대야에 담긴 알들이
잘도 비벼진다, 마구 엉겨 은은하게 반짝거린다

그때 나는 실만큼 가느다란 정액들의 체위에 대해 생각
한다,
생식기 어느 쪽 수장고에 저장되어 있었기에 저토록 하
얗게 빛날까

수정된 알들은 화학적으로 보랏빛을 띠게 되었다

민물 속에서 수정란들의 눈동자가 부화되는 동안,

남대천은 변함없이 차갑고 유연하다

그때 모천(母天)을 동경하는 연어들이 회오리치고, 어딘가 다른 곳에서도 인공수정으로만 목숨이 이루어지는 세계가 있다는 느낌

오늘도 침묵의 입을 크게 벌리는 소리가 여간해서 그치지 않는다

새우잡이 닻배가 웃는다

새벽이 종주먹을 휘두르면서 온다 수평선을 감고 있는 새우잡이 닻배가 웃는다 당신은 욕 바가지를 퍼붓듯 선원들의 악몽을 걷어찬다 우리들의 배때기를 짓뭉갠다 이승과 저승을 넘나드는 살 찢는 소리는 웅숭깊다 새우잡이 닻배가 웃는다 나는 소매 한쪽을 까뒤집고 고막이 터진 귀를 닦아낸다, 소리를 삼키지 못한 달팽이관이 빨갛다 늙은 개의 그것처럼 빨갛다

밤낮없이 눈에 불을 켜는 당신은 잡견인가 나는 벙어리 부처가 되었다 똥오줌도 질질 옷에 싸지르게 되었다 나는 칠칠하게도 밥풀때기 하나에 목숨을 걸었다 으르렁거리는 짐승으로 사는 것이다 그러나 윗입술과 아랫입술을 다물고 있는 저녁이면 몸조차 가눌 수 없다 눈시울이 시커멓고 헬쑥하다 대가리는 표정이 없고 부스럼만 꺼끌꺼끌하다 나는 아랑곳없이 또 한 덩어리의 쉰밥을 목구멍으로 밀어넣는다

새우잡이 닻배만이 아무런 대꾸도 없이 고개를 처박고 있다 나는 오로지 눈빛으로만 말한다 육지 저편을 뚫어지게

바라보고 싶다 새벽 새벽, 이 죽일 놈의 새벽이 눈 비비고 일어나 담배를 피운다 나는 또 집요하게 와서 달라붙는 폭력을 집어삼킨다 어제는 웃통 벗어던지고 자는 맨살에 황홀한 빗금이 그어졌고, 오늘은 피고름 딱지가 웃고 있다 나는 이제 새우잡이 닻배가 웃는 이 시간을 사랑하게 되었다

파랑의 먼 곳으로부터

팽팽한 수면을 뚫는 작살잡이,
움직임이 없다 진흙 늪엔 어떤 월척이 숨어 있는지,
작살 끝만이 파동이 있는 곳을 응시한다

가장 안전하다고 믿었던 산란기의 진흙 늪,
핏빛 꽃잎을 쏟아내기 위해
단 한번의 황홀한 현기증을 앓는 붕어들

저만치 약간 불거져나온 아랫배 캄캄해지고
수초 뿌리엔 뱃심 밀고 켜고 당기는 소리
물의 성곽을 허물어갈 듯 말 듯 줄줄 새어나온다

그때 작살 끝에 걸려나온 붕어의 아가미 속,
검붉은 꽃숭어리는 숨을 한번
눈부시도록 가다듬은 뒤 중천으로 뛰어오른다

저기 파랑의 먼 곳으로부터
월척 붕어들이 산란하러 온다,

악착같이 귀신같이 와서 뱃심을 놓는다
검게 빛나는 옆구리 비늘이 차가워질 때까지
너풀대는 버드나무 새순 그림자 깊을 때까지
또 대호만 검은 늪의 가장자리 어디쯤에서
뻑뻑하게 때로는 축축하게 그러나
작살보다 무섭게 늦봄 찢어발기는 소리 들린다

우물

현기증 이는 푸른 물결무늬들
그 기억 속에는
아무리 메워도 메워지지 않는 우물이 있네

돌무더기 둥그렇게 잘 모아 개서
층층이 쌓아올린 우물, 속에서
누가
내려가도 내려가도 바닥에 발이 닿지 않는
물의 신전을 세우고 있네

한 생이 유창하게 탈바꿈하듯
오래 준비된 침묵은 거꾸로 빛나는 웃음이고
꿈틀대는 바보 웃음이고
그러나 그 순전한 웃음이 글썽거리네
아프도록 멀리 있는 병이 씻기는 기분이랄까

거기, 하염없이 차갑고 맑은 여자가 사네
오늘밤 나는 우물 속에 얼굴 처박고

갈증으로 일렁이는 입술을 가만히 포개어보네

그때 월궁항아 목욕물 떠가는 두레박 소리 들리네
앙다문 견고함의 물빛 처녀막 찢기는 소리 들리네

사소한 기록

#1

일용직 거미인간들은 철근의 집으로 검게 스며들었다 항상 부족한 계절만큼 제 생을 위태롭게 허공에 매달고, 검푸르게 반죽된 시멘트를 목이 미어지게 먹어치웠다

#2

철근 밖은 천길 낭떠러지, 거미인간은 그 속에서 영영 나오지 못했다 방패막을 뚫고 들어오는 칼바람을 곱씹었다 펌프카와 그라인더 소리로 먹먹한 이 세계의 강철 거미줄은 썩지 않았다

#3

황량해지는 장갑이 꽝꽝 찢어지는 겨울, 우리는 강해지고 있었다 우리는 철근을 발목에 감아 쇠파이프를 세웠다 느낌이 좋았다 철근들의 나르시시즘이 녹청빛으로 새어나오고 있었다

#4

　우리는 영원히 공중에 발을 담갔다 죽음에 대한 두려움을 누가 표식해놓을 때, 갑자기 병신이 될까봐 공중의 바닥이 무서워졌다 우리는 추락의 아름다움이 비명에 있다고 생각했다 그러나 비명 따위는 지르지 않았다 이것은 발이 푹, 꺼진 후 일목요연하게 얻은 건설현장의 교훈이었다

#5

　오늘도 나는 앰뷸런스에 실려가는 하루를 보았다, 멍하니 세상을 쏘아보다가, 순간의 망치질로 내 손등을 내리쳤다 눈물이 찔끔, 쏟아졌다 그때 사소한 일상은 또 수렁처럼 깊어지고, 나는 또 언제 씹힐지 모르는 철근의 아가리 속에서 저녁을 맞는다

호접몽

1

　꽃의 여백은 죽은 나비들에 대한 추억으로 채워져 있고 죽은 나비들은 모두가 책이 되었다, 누가 그걸 펼쳐들 것인가 늙은 개의 콧잔등에 앉은 저 산제비나비의 표정은 알 수가 없다 두려움으로부터 자신을 보호하기 위하여 나비는 천천히 춤을 풀었다 그 안에는 신비하게도 파랑이 숨어 있다

2

　향기의 침묵은 언제나 이리저리 나를 끌고 다녔다 날개는 너무나 약해 바람을 잡을 수 없고, 꽃의 심지에 붙은 불을 끌 수도 없다 오늘도 부드러운 꽃의 음자리를 배열해주는 나비는 하나의 악기가 되었다 발끝에서 아름다운 소리가 났다 나비의 감각들은 꽃의 악보를 더듬더듬 찾는 것이다 그렇다, 꽃에게도 나비란 악기가 하나 있어 봄가을이 가볍게 튕겨지는 것이다

3

그해 여름이 오기 전, 어떤 나비도 꽃의 빛깔은 바꾸지 못했다 꽃들은 못생긴 입술을 삐죽거렸다 그렇게 나는 날개를 물끄러미 세워뒀으니 살아온 날들은 신기하게도 호접몽이 되었다 사람들은 시간을 빌리러 그곳으로 갈 것이다 그러나 늙은 개는 하늘을 접었다 폈다 장난을 치는 산제비나비의 춤 따위엔 관심이 없다 나는 낯선 책갈피같이 부서졌으니 어디론가 뿔뿔이 흩어져갈 것이다 지금 나는 날개의 세상에게 책을 찾지 말라고 편지를 썼다 그리고 곧 무너져내릴 호접몽 속에서 해와 달을 깎다가 잠든 공명(空冥)이 되었다

어느 똥통 지옥

참 아름다운 하늘이 똥통 지옥에 한참을 머물다 갔다
검은 구더기는 똥물 속에서 가장 우아한 날개를 생각했다
그러나 우아한 말 속에는
숨 가쁘게 썩는 부패의 힘이 숨어 빛났다

한 더러움이 다른 더러움과 교미하듯이
부패는 검은 구더기를 낳고 검은 구더기는 부패를 키웠다

나는 똥냄새에 취한 사월에 태어났는데, 수년간 방치된
똥물이
　장마에 흘러넘쳤다 나는 뜨거운 매미 울음의 그늘 속에서
　마른 허공의 바닥을 밟았다 그러나 모든 부패의 끔찍함
에 대해
　태(胎)를 몰래 묻는 지옥을 품고 온 듯한 나날을 추억했다

똥빛보다 해맑게 꿈틀거리는 미세한 구멍들,
　수렁처럼 빠져나가려고 안달하는 구더기들이었을까
　바닥을 버린 번데기들이 날개를 예감하는지

어느 한 귀퉁이에서 잠시 푸른빛이 기둥으로 치솟았다
그해 파리가 되지 못한 검은 구더기들은
허리를 접고 고개를 들어 똥물에 눈망울을 씻었다

이제 다시 가을, 똥통 지옥의 외벽엔 그을음이 가득했다
바삭한 날개를 가진 똥파리, 저 홀로 나와 윙윙거리며
똥빛을 다시 맑게 하는 부패의 힘으로 쉼 없이 날아다녔다

무당나비

1

바리데기가 간다

진달래꽃 그림자 붉게 어린 절벽 속으로 간다 두개의 해와 달은 놓고 간다 물 아래 꿈틀대는 컴컴한 진흙 세상으로 간다 깊고 맑은 까막눈으로 간다 서녘의 삼거리 주막을 지나 먼 들녘을 지나 죽음을 막 밴 돌무덤을 지나 지도에 나온 적 없는 마을을 지나간다 제 발로는 더이상 걷지 못할 때까지 간다

2

결사적으로 간다

필사적으로 간다 검은 길 아스라이 물 위에 어릴 때까지 간다 몸뚱이 속에 일월성신의 장례를 치르듯 간다 날은 춥고 해는 기울고 어둠이 서서히 드리워지는 서천꽃밭의 외딴집에 간다

천의무봉 한켠 꽃그늘에 젖어 저고리 반쯤 풀어헤쳐진 바리데기의 첫날밤이여

간밤 당신 몸에 아이가 들지 않았냐는 듯 묻는 동수자의

까만 눈동자 속엔

  밥과 빨래를 하고 사내아이 일곱을 낳고 머리카락 신을
짓는 시간이 비친다

    3
  갓 낳은 사내아이에게 앞섶을 열어 젖을 물리던 바리데
기여, 하냥하냥 울지 마라 그대가 약수(藥水)를 품고 꽃잎
만큼 뜨겁게 저 생으로 여미어갔음을 안다
  지은 적도 없는 죄가 달만큼 깊고 맑았으니, 먼 저승 빛들
이 와서 바리데기의 외출을 끝없이 적셔준다
  그러나 꽃잎에 쌓여 있는 아름다운 이 생은 더운 숨보다
깊었을까
  그렁그렁한 눈으로 먼 데를 더듬고 있는 바리데기,
  이제 전생과 후생을 황홀하게 잇는 춤을 접었다가 펼치
는 무당나비가 되었다

닭발이 없었다면

이슬비 긋는 가을밤 포장마차에서 닭발을 뜯다가 생각
한다
맛있게 맵고 지렁이의 고소함이 배어 있는 발톱에 대하여,
계속해서 거름자리를 파헤치는 갈퀴 발의 노동에 대하여,
들깨 모종 분질러도 야단치지 않는 텃밭의 미소에 대하여,

봐라, 차곡차곡 쌓인 닭발은 허옇게 빳빳하다, 번들거리
는 고추장 양념을 껴입을 차례를 기다리고 있다
발버둥쳤을 저 닭발의 대가리는 지금 없다 그러나 닭발
을 한입 뜯고 있으면 발악을 짓누르는 닭발의 힘줄이 느껴
진다 숨을 놓지 않으려는 닭발의 생각이 졸깃졸깃하다는
것도

아무짝에도 쓸모없다고 생각하는 것들은 걸작의 맛을 지
녔다── 알밴 조기의 눈알이나 송아지 낳은 소의 붉은 태반
이나 처마 끝 말벌집의 애벌레나 초상집 뒤뜰에서 잡은 수
퇘지 성기의 꽈배기 맛이랄까

오늘도 닭발이 없었다면 우리의 외로운 입과 주린 위장은 얼마나 심심했을까 쪽쪽 빨아대는 손가락의 맛이 들린다

매콤한 불맛과 맞짱을 뜨는 손가락은 행주를 까뒤집어 입가를 닦는다 그러나 번쩍번쩍 빛나는 혀는 닦을 수가 없으니, 닭의 그것처럼 혀가 반쯤 나와 있다 빠끔히 삐져나온 혀는 맨드라미가 되었다 닭발이 없었다면 혀는 모처럼의 오르가슴을 맛보지 못했으리라

빙폭

나는 지금 군불보다도 더 따스하다. 몸 전체가 숨죽은 삭풍이랄까. 한사코 투신하던 희끗희끗한 물줄기는 없다. 겨울도 깎지 못한 형량만이 빛나고 있다.

죽은 물빛이 힘차게 증식되는 중이다. 빙폭은 요행을 바라지 않는다. 죄 많은 생각 혹은 거꾸로 선 체조선수의 체위로 뒤집힌 세상을 본다. 그사이 또 나는 죽을지도 모른다.

나는야 절벽의 발등을 찧으며 쩡쩡 운다. 나는 번뇌처럼 서서 선량한 백치(白癡)를 꿈꾸는 물줄기였으니까. 내 안의 물고기들 꼿꼿하게 결빙되어가는 한낮, 나는 죽을 수 없다.

빙폭은 노골의 회음부로 서서 불가사의하다. 애인의 질 속에서 내온 냉(冷)빛이어서 더욱 그러하다.

저만치 얼음거미가 나를 쳐서 싸락눈과 춥던 군불 속으로 들어간다. 빙폭이 몸 없는 영혼이라고 추락사한 어느 절명은 그걸 믿었다.

오늘도 빙폭은 빛날 수 없기에, 무섭게 태연하다. 내게 뼈
울음 같은 고락이 없는지 되묻고 있는 거다

명랑한 남극

황제펭귄 수컷은 한번 품은 알은 놓지 않는다, 겹겹이 휘갈기는 눈발은 까다롭지만 단순한 부화의 학습이 녹슬어간다.

추위를 견디지 못한 수컷들이 알을 놓치기도 했다. 누구도 이 죄를 함부로 물은 적이 없다.

화염병같이 아름다운 노을이 그것을 방관했으니, 날개 짧은 자들의 해탈은 저 부화 방법에 있으니, 오늘은 건조한 눈발 역시 양지바른 곳을 찾는다.

어떤 성실함도 없이 그냥저냥 겨울밤을 버티는 황제펭귄들, 사타구니 속에서 알의 안부를 묻지 않는다. 다만 허들링*의 경계에서 난생처음 오르가슴을 느낀다.

그러나 먹이를 채집하고 돌아온 암컷이 길몽을 접어올 때, 수컷들은 무심히 깨진 알의 몰골을 쪼아 먹기 시작한다.

뼛속까지 궁핍과 공포가 박혀 있는지, 부리에 묻은 피냄새 그리고 원정 다녀온 암컷의 찢긴 깃털이 쨍쨍 빛난다.

한번도 가보지 못한 남극의 세계는 이처럼 눈부시게 아름답도록 명랑하다.

* 황제펭귄들이 남극의 눈폭풍과 추위를 견디기 위해 몸을 밀착하는 행동.

물방개, 검정 물방개

　　우리는 새파란 물결 위에서 반짝거리는 햇빛 조약돌이야
　　우리는 구름을 깎아 비꽃을 만드는 바람의 감촉을 좋아
하고
　　연못은 까끌까끌하고 거칠거칠한 물결을 키우는 걸 좋아
하지
　　우리는 그 물불이 어디까지 갈 수 있는지 알아볼 계획이야
　　우리들 발밑에는 주둥이와 입술을 가진 부력이 있어
　　무료하기 짝이 없는 연못의 낯짝 위에 간지러움을 그리
는 거야
　　그걸 우리는 치마 까뒤집듯 피어나는 동그라미라고 부
르지
　　작달비 긋는 날, 우리는 단단한 날개를 접어
　　팽팽해지는 수면을 응시하지 떠내려갈 듯 떠내려갈 듯
　　흐느적거리는 물그림자를 살피는 거야
　　오늘도 수초들의 구멍으로 파랑물이 드나드는데,
　　참붕어는 매끈거리는 입술을 진취적으로 닫고 있지
　　우리의 날개 위로 미끄덩미끄덩 떨어지는 빗방울,
　　그걸 낙하산처럼 갠 연못은 눈꺼풀 없는 눈을 크게 뜨고

있지
　우리는 썩을 듯 말듯 부패하는 향기를 품은 여름 저녁에
　환장하는 물방개, 검정 물방개였으니까

　우리는 당분간 물고기의 주검을 깊고 먼 눈빛으로 해치
울 거야
　열자 폭 연못 후딱 접어 뒤꿈치 최대한 들어올리고
　파문을 품는 연못의 귀가 될 거야 우리는 온순하고 맑은
장의사였으니까

기린의 취향

뒷다리가 긴 종족은 꼬리가 짧은 대신 뿔이 아름답지
나는 푸른 바람을 등진 나무껍질을 벗겨 먹는 걸 좋아하지
목젖이 고함을 지르고 혓바닥이 침을 뱉어도
나의 식사시간은 검은 헬멧을 쓴 낮달만큼 환하지
한낮에 내린 여우비를 적당히 마신 나뭇잎들은
둥그스름하다 못해 잎 날이 뾰족하지
나는 나무속의 미끄럽고 촉촉한 언어를 찾는 고고학자,
인간들이 세운 동물원에서 강림한 여신으로 불리지
오늘은 내 어금니에 씹히는 초식의 문자들을 떠올리지
그 안에는 벌레 먹은 잎의 가장 황홀한 활자도 있지
나는 지구에 당도하지 않는 혜성의 긴 꼬리도 감지하지
내 뿔은 오래된 잠언도 천문도 해독하는 탐지기랄까
내 몸의 무늬들은 홍역을 앓는 사바나의 꿈이지
모처럼 풀독 오른 하늘이 태양을 한바퀴 굴렸나
나는 점자 빛을 끌어와 점박이 무늬를 밝히고 싶어
나는 이 환역 속에서 하찮은 기하학에 익숙해질 거야
이젠 무료하게 참았던 오줌이나 실컷 휘갈겨야 할 시간
이야

경로당

밥풀때기 위로 모여 가는 파리떼같이 경로당에 나가볼까
봄비 온 뒤 밭두렁에서 파릇파릇 웃자란 쑥을 캐서 갈까

그러나 등골 서로 긁어주는 노인 하나 죽었으니
쓸쓸함이 집요하게 달라붙는 경로당엔 갈 수가 없다 노
인의 우렁우렁한 목소리와 짚 검불 태우고 와서 풍기는 흙
냄새가 먼 세상으로 내 혼을 빼내갈 수도 있으니

경로당은 한정 없이 붉은 노을 속에 있고, 똥개 짖는 소리
도 장닭 우는 소리도 없다 나는 그곳의 주소를 저승꽃으로
내다본다

경로당 마루에 걸터앉아 나를 내려놓은 혼의 경로를 생
각한다 누군가를 무작정 그리워하다가 눈가가 시꺼멓게 짓
무른 노인아,

흐물흐물 눈곱 잔뜩 낀 눈으로 이승 그늘 녹아 없어지는
소리 담아내지 말자

공포의 축제

해와 달이 겹쳐질 때 공포가 온다

공포는 제 몸을 찢어 적막을 빚는다 적막은 북극곰의 꿈
처럼 사납고, 뒤통수도 없이 아가리만 빛나고, 불현듯 핥을
듯 말 듯 입맛을 다시는 영(靈)이 되었다

저승사자의 삿갓에 묻은 어둠이 아슬아슬 녹아내리는 밝
은 한낮, 혼자 밥 먹는 식탁의 접시는 입을 쩍하니 벌리고
있다―허기와 허영으로 가득 찬 터널의 세계가 나는 여전
히 궁금하다 그러니까 아름다운 얼굴이 꽃처럼 찢어지는
불행을 즐기자 까마득히 보이지 않는 비명을 찾아나서는
보물찾기 여행을 하자 전생과 후생 사이의 악몽으로 잠시
널브러져 있자 작두날 위에 올라 황홀하게 홀리는 춤의 세
계로 떠나도 무방하다고 해두자

여전히 해는 없고 달도 없다 무심히 옆구리를 찌르고 가
는 공포가 칼날만큼 차갑다 눈앞에서 반짝반짝 빛나는 고
압전류의 더운 숨을 엿본 적이 있다―사육장에서 나온 똥

개들이 양수 터진 흑염소의 피비린내를 맡았는지, 송곳니
가 곤두서게 되었다 그렁그렁한 눈이 먼 데를 더듬는 흑염
소, 이승 한켠 바라보다가 저승으로 간다 맨드라미꽃밭 불
타듯 버글버글 피는 저 불한당의 주린 입들에서 괴성이 쏟
아진다 그날 이후 나는 만져지지 않는 기억들을 공포의 축
제라고 불렀다 맑은 날이었지만 염소에게 뜯긴 풀잎들도
다시 자라나는 생의 기미를 엿보게 되었다

청개구리의 목젖이 빛나는 밤

 소름 돋듯 울음을 잠그지 마라
 극소량의 독이 나를 용감하게 만든다 섭섭지 않을 만큼만 밤이 깊어지면 울음이 눕는 곳마다 슬픔이 잠행한다

 여기는 어디일까, 타오르는 울음주머니 속의 음표들이 낯선 얼굴로 서 있다 물의 장례식이 시작하는 걸까, 나는 빗방울을 응시하고 빗방울은 나를 응시하는지 캄캄한 눈이 깊다 저 강, 저 들판을 돌아온 발목처럼 미치도록 나를 부르는 통곡의 감탄사들, 그러나 나는 낙천적이지 않다 날카로운 어제의 경험을 가로지르는 지랄만큼 나는,
 발작으로 오는 작달비의 운명을 감상했다──보이지 않는 곳에서 태어나는 귀신들에게 곡(哭)밥을 주어야지 번개처럼 명랑하게 울어야지

 방금 태어난 울음은 물빛 흔들리는 강가에 다다르고 있을까, 목구멍과 숨을 위하여 나는 몸과 정신을 청으로 빚는다 그때마다 밤의 입술도 급소만큼 아름다운 소리를 게워냈다 더욱 그윽하게 들리는 청개구리 울음소리가 밤의 귀

를 뚫고 자랐다

　큰물 지는 밤이 위험하다고 말하는 청개구리의 목젖이
날카롭게 빛나는 밤,
　나는 이목구비 없는 먼 곳의 소문을 덮고 잠든 체하거나
이미 잠들어 있다, 나부끼는 풀의 표정으로

흑매화와 호랑이

야생 호랑이 발자국을 쫓아 걷는 남도 천리길,
우리는 소백산맥을 넘어 구례 화엄사에 든다
몇몇은 총과 신발 끈을 다시금 고쳐 매고
몇몇은 뜰에 누워 암팡진 봄볕에 취한다,
잠시 매화꽃 만나러 가는 바람이 아니라
만나고 가는 바람같이[*]

그러나 설레는 봄빛같이 나는 뒤가 마려
대웅보전 뒤뜰, 숲에 급히 숨어 앉아
용을 힘껏 쓰는데,
누가 항문을 바투 핥아 뒤를 돌아보는데,
저만치
흑매화가 호랑이 눈동자로 나를 쏘아본다

나는 움찔 물러섰다가 똥을 짚고 생각한다
오래전부터 호랑이 소식이
산문(山門)으로 들어오지 않음을,
그러나 흑매화는 호랑이의 기억을 가지고 산다

나는 인면수심도 불로불사도 내던지고
피에 젖은 몸, 날래게 숨길 곳을 찾던 호랑이를 생각한다

호랑이는 사냥꾼에 쫓겨, 쫓겨와
좀체 살 만한 땅, 찾다가 없어
그만 시뻘건 얼룩무늬 함부로 끌어안고
흑매화 꽃눈 속으로 겁도 없이 뛰어들었으리라
그 안에서 산산한 울부짖음을
차고 맑게 그러나 어두운 응혈로 다스렸으리라

오늘은 그토록 생시에 찾던 검붉은 호랑이를 만났으니,
나는 또, 세상에 기약 없는 떠돌이가 되어야 한다

* 서정주 「蓮꽃 만나고 가는 바람같이」의 변용.

꽃제비

오늘도 표적을 향해 날아가는 한방의 총소리가 아슬하다
그 소리엔 꽃제비를 위한 국경선의 현기증이 숨어 있다
나는 결코 발목지뢰만한 절망에 항복하지 않을 거야
어둠이 철책선을 찢고 나와 그믐달을 밀어올릴 때
나는 목숨을 걸고 거친 강물을 건너갈 힘이 있을까
그러나 나는 파랗게 언 손을 비비느라
어떤 기적도 설레는 마음도 잊고 밤을 지새웠다
진열장 같은 수용소에 갇힌 꽃제비들은
설탕처럼 반짝이는 강 건너 마을을 아름답다고 생각한다
풀내음 둥글게 부푼 언덕으로 꽃사슴이 출몰할 즈음
나는 씨앗 같은 꿈을 뭉개지 않으려고 악행을 일삼는다
접동새는 밤마다 피를 토하며 울고 가는데,
어느 꽃제비의 영혼일까
강물은 내 발길을 멍하니 붙들고서
물결무늬를 수놓고 수놓아 피냄새를 흔적도 없이 지웠다
그러나 강가 모래 뭍에서 나온 맨발자국은 지우지 못했다
칠흑 밤마다 많은 맨발들이 숙명으로 국경을 넘고 넘는다
잠시 숨죽이고 들어보면

십리 밖 마을에서 실오라기 하나 걸치지 않은

어느 꽃제비 처녀의 살 여는 소리가 어둠의 깊이를 헤어

본다

그때 국경수비대 초병들은 미동도 없이

찔끔 피어나는 별이 되어 몸도 마음도 흐물흐물해지고

꽃제비는 손톱 밑 검은 때처럼 국경의 마을로 숨어든다

활엽수림 도서관

사슴벌레가 참나무에 새겨놓은 낙서들
햇살 한입 가득 베어 물고
갈맷빛 햇잎으로 쑥쑥 자라나고 있네

햇잎 그늘이 벌레들의 이부자리를 깔아놓자
누가 슬프고 아름다운 동화책을 펼쳐놓았을까
장수하늘소가 초록빛 활자를 깊이깊이 갉아대네
참나무숲이 푸르디푸른 잠언으로 깊어질 때
어린 잎눈 책을 열람하는 모시나비
그윽한 생각으로 곰곰이 춤을 풀기 시작하네

책 속에 펼쳐진 우울과 슬픔을
그리고 희망을 갉아먹은 적이 있네
나는 책벌레들의 유서 깊은 병을 아네
삼각산 자락에 있는 도서관 가는 길
활엽수림 창마다 책 그림자 너울대네
책 읽기를 좋아하는 사슴벌레들이 자꾸만 늘어나네
책 그림자 깔려 있는 길을 걷다가

내 침울함을 가져간 도서관을 생각하네

굴참나무 책 그늘에서
도서목록을 기록하고 있는 딱따구리를 만나네
그 낭랑한 소리가 나를 세워놓고
읽다가 덮어둔 모시(毛詩)*를 펼쳐놓네
그 독서가 무르익을 대로 익으면
내 안에 키우는 책들이 조금씩 두꺼워지네
활자들의 숲이 천개의 도서관을 만들어가네

*『시경(詩經)』을 달리 이르는 말. 중국 한나라 때의 모형(毛亨)이
전하였다고 한다.

우니코르*가 온다
MBC 다큐 「북극의 눈물」을 보고

북극에 크랙**이 생길 때마다
우니코르가 온다
와서 초록 이마를 가진
봄빛 속을 거닐면서
별안간 한번 공중을 향해 살짝 뛰노는

우니코르 울음소리가 꽃 지고 잎 돋듯 필 때
봄날은 창에 별 돋듯이 사냥꾼의 잠 속으로 들어와서
예언적인 고래의 꿈을
새들이 읽어주는 바다 저편의 소식을
마른 혀에 군침을 묻히듯 자꾸만 엿듣게 하는지

우니코르는 뿔을 가진 예민한 짐승,
늘 사냥은 바다 위의 빙산마냥 멀뚱거리다가
기교도 없이 노닥거리다가
단 한번의 작살로 등허리에 꽂아야 하는 법,
허나 때를 놓치는 순간
총총히들 빙산의 내부로 사라진다

오늘도 사냥꾼의 잠꼬대 속에서
수없이 몸을 엎치락뒤치락, 회한도 환멸도 없이
우니코르가 온다, 와서 겨울의 끝자락을
어부바! 하며 업고 가는데
그만 고삐 풀린 봄볕에 홀려 있다가
사냥꾼에 잡혀 물 밖으로 끌려나올 때

우니코르를 북극에서만 피는 봄꽃이라 칭하기로 하자,
우니코르를 북극에서만 지는 봄꽃이라 칭하기로 하자

* 일각고래, 바다의 유니콘이라고 한다.
** 얼음판이 갈라지면서 녹아내리는 현상.

월식

꽃뱀 비늘이 붉디붉게 반짝이다가 시큰둥했다. 능구렁이 배때기가 통통해지고 있었다. 꽃뱀을 꾸역꾸역 시커먼 아가리 속으로 절여 넣었다.

꽃뱀은 이승에서 저승으로 가는 혼몽을 꾸고 있었는지 간곡히 숨을 몰아쉬었다. 아가리를 서서히 닫는 능구렁이 독니가 은빛 서리보다 차갑게 반짝였다. 능구렁이가 열어두었던 숨구멍을 순식간에 걸어잠갔을까? 그때 아버지가 능구렁이를 잽싸게 붙잡아 유리병에 담고 대병소주를 부었다. 능구렁이가 몸을 뒤틀며 새파란 꽃물을 콜록콜록 뱉어냈다.

능구렁이 아가리에 꽃뱀 대가리가 한 송이 꽃으로 벙글고 있었다. 능구렁이가 잡아먹은 꽃뱀 뱃속의 참개구리가 X-ray사진을 찍은 듯 훤히 보였다.

봄 산

잔뜩 독 오른 화사다, 대가리는 땅속에 처박고 있는지 보이지 않는다. 세상에 나온 푸른 것들이 똬리를 틀며 골짜기로 들어가는 중이다. 덩달아 흰 꽃과 분홍 꽃이 화사의 등허리에 한점 한점 새겨진다.

누군가 꽃의 활자를 읽으며 산길을 오른다. 점점 푸르게 밝아지는 화사의 비늘, 몸통에 감춘 수천의 눈동자다. 나물 캐러 입산한 사람, 화사의 꼬리를 밟았는지 봄 산이 척추 세우며 불끈불끈 일어선다. 화사의 독니에 물려 저승 문턱까지 갔다가 되돌아온 사람 있겠다.

풀과 생각

풀은 생각 없이 푸르고 생각 없이 자란다

생각도 아무 때나 자라고 아무 때나 푸르다

그 둘이 고요히 고요히 소슬함에 흔들릴 때

오늘은 웬일인지

소와 말도 생각 없는 풀을 먹고

생각 없이 잘 자란다고

고개를 높이 쳐들고 조용히 부르짖었다

가뭄

바람의 꽁무니를 쫓아다니던 조각구름 하나 없다.

땡볕을 칭칭 감고 있는 복분자가 탱글탱글 익어가는 한
낮, 수시감나무 잎사귀들이 배들배들하다. 오동나무 평상
에 앉아 부채질하는 할머니 젖가슴이 축 늘어져 있고, 돌담
밑에서 날름날름 허물 벗는 살모사가 젖은 몸을 말리고 있
다. 빨랫줄에 풀 먹여 널어놓은 삼베옷들이 어리부채장수
잠자리 날개만큼 가벼워진다.

소낙비를 그리워할수록 날숨소리만 깊어간다.
참나무숲에서 불어나오는 산들바람이 훗훗하다.
구름이 엉엉 우는 곡소리를 엿듣고 싶고
파안대소로 적산가옥
안테나를 후려치는 천둥소리를 품에 안고 싶다.
땡볕이 쾌청하지만
고샅길은 화덕의 불씨마냥 이글거린다.
담벼락을 타고 오르는 호박넝쿨의 목덜미가
암 걸린 환자의 쇄골보다 무섭게 말라간다.
잡초들은 급기야 검게 그을려도 잘만 자란다.

올랭피아[*]

  이 영롱한 꽃병은 침대 위에서 저 혼자 고요하고 저 혼자
아름답다
  육체의 투명한 골격과 핏줄 그리고 신경까지 모조리 노
출하였으니

  저 벌거숭이 꽃병을 바라볼 때면
  두루 슬프고 두루 부끄럽고 두루 거룩하다
  손목에 찬 팔찌와 한쪽 발에 걸친 실내화엔
  일언(一言)의 약속인 듯한 부끄러움을 모르는 치욕과
  비참한 황홀과 반짝이는 비애가 숨어 있다

  온 마음을 다하여
  일광욕을 즐기며 비스듬히 누워 있는 꽃병아
  끝없이 환한 알몸이 능청스럽게 빛날 때
  내 생각은 꽃잎처럼 떠서 그 아름다운 원형을
  네 발밑에서 푸른 눈망울을 켜든 고양이처럼
  열렬하게 음미할 거다

내 눈으로 밝게 와서 빛으로 몸을 씻는 꽃병아
나는 귀밑머리부터 다리까지 흐르는 강줄기를 본다
더러 나무도 새도 바람도 구름도 그 속에 뻗쳐 있구나
생기와 신중함을 한 몸에 지니고 있어
스스로가 깊어지는 자연이자 우주인 꽃병아
저절로 눈부시게 벙글어가는 목련 꽃송이처럼
탱글탱글한 위엄이 젖가슴에 저절로 피어 있구나

오늘 나는 무서운 방탕도 해탈도 아닌 끝없는 열림처럼
한없이 어여쁜 풍채를 만개한 꽃병을 읽고 말았으니
순간 몸도 마음도 넉넉해지고 세상도 넉넉해질 듯하다
새벽빛 나는 알몸의 고요한 숨결소리가 들리는 듯하다

*마네의 그림.

돛대봉[*]

　바람이 꽃구름 브래지어를 방긋이 열어 보이면, 감미로움에 빠져들 수 있는 두개의 유방이 빛난다 혹시 어떤 여자가 신의 이름을 빌려와서 반드러운 얼굴과 다리를 섬진강 물줄기에 감추고 누워 있는지도 몰라 나는 탑영제 벚꽃 길을 걸으면서 이 문장을 생각 위에 올려놓고, 충만한 젖꼭지를 빨고 싶을 입술과 젖통에서 어스름 빛을 풍요롭게 뿜어내는 올랭피아를 떠올린다

　고양이가 매일 새롭게 달라지는 낮잠을 자듯이 내가 봄볕만큼 환한 당신의 젖무덤을 향해 걸어가고 있을 때, 어떤 천둥의 긴 우르릉 소리가 굶주린 입으로 오래오래 젖꼭지를 물고 꽃 피는 태곳적 하늘을 생각하는지 풍경은 바람새에 출렁이고, 꺼지고, 급속히 수평을 잡다가도 다시 또 출렁인다

　저만치 환한 젖무덤을 열고 있는 돛대봉이 있고, 거기엔 내가 놓은 돌탑이 있고, 오늘도 안개는 기하학적으로 선 천지탑을 가로지르는데, 내 귀엔 높게 곧추선 하늘을 떠받치

는 저 젖무덤이 구름, 여우별, 낮달에게 젖을 물리는 소리가 들린다 그때 누가 꽃잎 젖비린내 속에 코를 콕, 박는지 돛대봉 그늘이 깊어진다

* 마이산. 봄엔 안개를 뚫고 나온 두 봉우리가 쌍돛배 같다 하여 돛대봉, 여름엔 수목이 울창해지면 용의 뿔처럼 보인다 하여 용각봉, 가을엔 단풍 든 모습이 말의 귀 같다 하여 마이봉, 겨울엔 눈이 쌓이지 않아 먹물을 찍은 붓끝처럼 보인다 하여 문필봉이라고 부른다.

빈집에 핀 목련

별빛이 꼬리에 꼬리를 물고 어른거리기 시작한다
굴뚝 뒤편 하얀 종주먹을 움켜쥔 목련이 통통하다
찢어진 창호지문이 그 환함으로 저녁을 맞는다
우물에는 붙박이 보름달이 뜨고
기와지붕 위를 살랑살랑 걸어온 소소리바람이
속옷 드러낸 꽃망울을 한가롭게 간질인다
달빛이 가지 끝마다 촛불을 피워놓고 간 까닭이다
누군가 따뜻한 손길로 초인종을 누르듯
한 줄기 빛이
잠자는 내 귓속에 푸른 음표를 불어넣을 때
바늘귀만한 꽃의 조리개가 쪽빛 하늘을 열어낸다
한꺼번에 피어오른 꽃향기가 사방으로 퍼진다
돌담에 둥지 튼 들쥐들이
용마루에 걸린 보름달을 갉아먹는 새벽
문고리 그네 타는 소소리바람이 어스름 안개에 젖는다
나는 촉촉한 햇살에게 문을 활짝 열어줄 것이다
앞다투어 너푼너푼 날아드는 노랑나비떼가
꽃방에 숨은 햇꿀을 배불리 빨아대고 있을 때

꽃송이를 받들던 잎자루의 산고가 시작된다
얼룩지는 꽃자리에 봄날이 휘청할 때마다
갓, 피어난 새싹들이 생글생글 웃어가고
꽃문을 활짝 열어 보인 꽃방에선 작은 행성 하나 자란다

씨앗의 발견

꽃사과 솎아내면서 알았지,
꽃사과 한알마다 촉촉한 꽃방이 자란다는 걸

꽃문 안으로 들어갈수록 공간이 환한 자리엔 아침 햇살이
종대로 선 여린 씨앗에게 젖을 물리고 있었지
꽃방에 일기 시작한 작은 부력 하나
나를 단단한 씨앗으로 몰고 갈 힘이 있는지 몰라
바깥 종대로 서기 시작한 씨앗들은
하루종일 신바람나게 햇살을 오물거리고 있었지
몸을 움츠린 내가 꽃방에 발을 내리면
꽃사과는 푸른빛으로 몸단장을 시작하는지 몰라
배냇잠 든 씨앗들이
활짝 열어둔 꽃문을 순식간에 걸어잠그는 순간이야
내 몸이 출렁이다가 팽팽해지는 느낌이랄까
지구보다 너르고 짧은 환희라고 불러도 좋을 거야
아슬아슬한 가지 끝에 매달린 봄날들이 탱탱하게 물오른
한낮
나는 군침을 불러일으키는 맑은 흥분으로 붕붕거리고 있

었지

　씨앗은 햇살의 젖꼭지를 물고
　우레를 켜는 태풍이 나오기 전의 뒤안길로 호송되는 거야
　체관에 둘러싸인 내가 열매 속살을 받치는 기둥이라고
말해도 좋아
　과수원길마다 햇살의 젖비린내 뒤척이고 있지,
　사과 향기가 지나가는 사람들을 유혹하고 있다네

사랑 혹은 폭포

내겐 내소사 전나무숲만큼
수려한 애인 하나가 있다, 애인은 무엇보다

그 무엇보다 내 속물근성에
조그만 가책으로 어깨를 툭툭 내려친다
그러면 나는 한없이 작게 흔들리다가
참 익살스럽게 웃는다, 꽃들이 막무가내 피듯이
나는 반성이랄 것도 없이 웃는다
새벽별보다 귀밑머리가 이쁜 애인은
나를 타이르러 온 프리지아꽃, 꽃말로
지저귀는 어떤 혁명가, 어떤 하느님일 거야

저만치 보조개 속에 함박웃음을 싸맨
애인이 걸어온다
그때 나는 금방 돋는 새소리가 새어나오는
그녀의 꽃밭에다
호랑이 빛깔만큼 고매한 노을을 깔고
샘이 나는 바위 몇개를 놓고

수련 몇 송이 피어 있는 못을 놓고
기어코 사랑의 낙차를 낳는
폭포를 세워놓는다, 그리고 나는 내 사랑을
아무에게도 말하지 않기로 한다

북극 생각
순록의 땅

북극의 늑대여! 기억하는가

나는 남쪽 산림지대를 향하여
악착같이 따라붙는 늑대를 따돌리며 악착같이 달린다
지금 내가 어디로 가는지를 묻지 마라!
저 끝, 아주 멀고도 먼 아득한 시간을 왜 건너는지 묻지
마라!
이 황량한 들판이 나를 키우고
나는 두 발 달린 이누이트족의 마을을 세웠으니까

나는 무작정 떠난 것이 아니다,
백야가 푸른 어둠을 데리고 와서
기억의 숲 속을 펼쳐놓자
함께 걷고 함께 쉬는
순록의 무리들이 나를 부르고 있었다
내게 사냥꾼이나 늑대에게
쫓기고 상처 입고 짓밟히는 끔찍한 날도 있겠지
그러나 나는 눈길에 난 발자국에 피가 찍힐 때까지

첩첩의 산과 강을 건너가야 한다, 걸음을 재촉하여
오로라가 춤을 추는 환각의 밤에도 걸어야 한다
기나긴 진창의 시간을 켜켜이 삼키면서
북극 생각 잠시 옆구리에 밀어놓고
어린 새끼를 데리고 남쪽으로 마음이 먼저 가야 한다

식물성의 발견

햇살 좋은 날씨가 많아질수록 건물들은 쑥쑥 자란다
저만치 펌프카는 철근 속옷만 걸친 건물들에게
말랑말랑한 콘크리트 반죽을 짱짱하게 입히기 시작한다
안전모를 쓴 인부들은 밥알같이 모여앉아
배선과 배관이 핏줄로 지나갈 자리를 생각한다
더러는 비의 각도와 기압골의 항로를 체크해둔다
그라인더로 벽돌 자르는 소리들이
가로와 세로의 기둥과 내벽으로 맹렬하게 세워지고
잘 짜여진 방음벽만큼 한치의 오차도 허용하지 않는다
건물은 반듯하게 자라는 기하학의 그림자를 키운다
근사한 높이를 얻는 방과 계단 혹은 엘리베이터도 키운다
수학적인 기호들이 공기의 궤적을 뚫고 침묵할 때
물고기 비늘만큼 아름다운 대리석과 유리창이 빛난다
건물들은 식물의 욕망을 가지고 산다
첨단기술이 두더지처럼 기나긴 지하 세계를 뚫고 나와
지상 위에 정기적으로 거대한 아파트를 심고 있을 때
나는 종신보험을 들고 나온 초식동물의 꿈을 꾼다
건물의 유일한 외부인 골목에서 식물 냄새가 맡아진다

그러나 많은 나무들은 더이상 꽃과 열매를 맺지 않는다
　오늘도 강남역 사거리는 식물성으로 천천히 몸을 일으
킨다

여름 이사

　하필이면 장마 때 이사를 하는군요 하룻밤에 삼백 밀리가 넘는 장대비가 내렸습니다 뉴스속보가 나옵니다 소금밭을 일구는 사내가 이 잔혹한 우기에 이삿짐을 나릅니다 계단 벽엔 곰팡이가 슬금슬금 기어오르고 살림살이에선 퀴퀴한 아지랑이가 배어나옵니다 무덤만큼 옹색한 방에 살았던 사내가 햇살이 흔들어 깨우는 아침을 찾아나섭니다

　해거름을 받아먹는 창문으로 유난히 밝은 별자리들이 펼쳐지고 포구의 통통배들이 보이는 집에 사내가 삽니다 옥탑에는 옛 주인이 놓고 간 붉디붉은 칸나가 있고 어릴 적 숨바꼭질하던 장독이 있고 처마 밑엔 엉거주춤 앉은 고양이가 있습니다 그 고양이가 졸고 있는 날엔 참새들이 한꺼번에 놀러 옵니다 사내는 앉은뱅이책상을 책꽂이 옆에 세워두고 유심히 유심히 바람의 행로를 살펴봅니다

　옥탑방엔 혼자 있어도 좋더군요 사내는 창문에 꽃무늬 커튼을 달고 짐정리를 마저 끝냅니다 내일부터 무더위가 시작된다는 뉴스가 나옵니다 아침 햇살을 떠올리며 가슴

깊이 숨고르기를 연습하는군요 소금꽃 만발한 백사장이 내려다보이는 집에 사내가 삽니다 이따금 파도가 갯비린내를 몰고 나오기도 하구요 수평선에선 둥글게 빛을 만 오징어 등불을 만납니다

　방 안 가득 햇살이 들이칩니다 사내의 몸에서 바다 냄새가 피어납니다 빨랫줄에 걸린 사내의 팬티 속엔 갈매기 울음이 둥지를 틀었습니다 사내는 날마다 해 뜨는 바다를 보고 수평선으로 해가 뛰어들 땐 평상에 누워 가슴에 뛰는 노을빛을 잡아봅니다

　사내의 잠꼬대 속에 별똥별이 창문에 빗금을 칩니다 뱃고동을 울리며 항해하는 사내가 오늘밤엔 선장입니다 이사를 통해 아늑한 잠자리를, 애인을 안고 나란히 눕고 싶은 방을 얻었습니다 내일부턴 바다의 안팎이 훤히 보이는 소금밭에서 햇소금을 일구어나가겠지요

돼지머리와 화랭이

빨간 다라이 묽은 핏물 녹아내리는 돼지머리,
하늘 한번 우러러본 적 없는 죄로
눈과 코로 땅에게만 경의 표한 죄로
죽음이 살갑도록 눈웃음 코웃음을 짓고 있네

출렁이던 몸뚱이를 내려놓으면
저렇게 맑은 죽음 한 폭 펼쳐낼 수 있을까?
돈 앞에 가부좌를 하는 돼지머리,
제 멱을 딴 산 자의 죄를 씻고 있을지도 몰라
윗목에 나앉은 화랭이도 귀신을 이고 섰네

쌍욕과 분(憤)을 입에 담고 사는 귀신도
영생을 받든 화랭이의 검붉은 피와 죄도
돼지머리 앞에서는 모두 호젓해지네

화랭이가 산 자와 죽은 자 앞에서
귀신의 눈과 귀에 담긴 차가운 눌변을
꿈쩍꿈쩍 눈부시도록 풀어놓을 때마다

돼지 주둥이가 시퍼런 돈을 물어 찢는 소리 들리네
콧날과 콧구멍은 보랏빛 윤으로 감돌기 시작하네

얼룩진 하루도 귀신도 돼지의 웃음을 떠먹듯
그 앞에 오래 머물고 계시네
그러나 돼지머리는 그 누구의 죄도 씻지 못하고
화랭이는 귀신의 말을 잃고 입술만 파르르 떨고

부뚜막 방

봄가뭄이 내 몸속으로 땅거미처럼 들어와 적막이 꽉찬 방을 만든 적이 있다 두어달 동안 맞은 링거액이 내장의 내벽을 투명하게 만들자 이젠 더이상 비워낼 게 없는지 하나같이 뼈도 시간도 휘어진다 절망조차도 휘어진다

몸을 바싹 말려버린 생이라니! 내 몸은 초록빛으로 스르르 환해지는 봄날의 밭두렁이 아니다 이젠 몸을 온통 졸이는 외로운 꿈도 낯선 이물스러움도 없다 다만 마른 풀 몇 줄기가 심심찮게 땀샘을 쥐어짜고 있다 지금은 숨구멍, 침구멍, 눈물구멍조차 저세상 불빛을 한순간 내다보는 중일까?

그러나 이젠 한 고비 두 고비도 아닌 막장이므로 눈꺼풀만 끔뻑거린다 이래서야 몸뚱이 추스르고 언제쯤 집으로 돌아갈 수 있을까? 오늘 나는 흙빛으로 돌아가기 직전, 창밖에서 바싹 마른 몸뚱이 한 겹 더 마르게 하는 꽃샘추위가 무디어지는 소리가 들린다 내 몸이 한없이 차가워지는 부뚜막 방이다, 봄비 막 들이치는

꽃잠

　봄 산에 꽃 보러 간다 연초록이 눈을 콕콕 찌른다 내 몸의 힘줄이 팔짝 솟구치고, 진달래꽃 정령들이 불쑥불쑥 튀어나온다 꽃잎 속에 나보다 먼저 꽃구경 나온 벌 나비가 한가로이 가부좌 틀고 있다 오늘도 나는 하루를 공친다, 공산(空山)에 들어설 때까지 저렇게 꽃잠에 취해 혼을 도둑맞은 사람도 있겠다 천지간에 온갖 화관(花冠)들이 현현하다 무거운 발걸음으로 정상에 오른 나는 절로 무릎을 친다, 꽃구경이 시작도 없고 끝도 없다 금방 마신 꽃빛 때문에 마냥 기분이 좋다, 그때 나는 화음(花陰)에 취한 검은 눈의 짐승이 되었다 그저 맑고 가난한 꽃잎이 화냥의 그것처럼 보인다

개구리울음넝쿨

너렁청한 논배미에 개구리밥들이 품을 넓혀간다

올챙이들이 개구리밥들의 너른 그늘에 안겨 자란다

재잘재잘 피어나는 개구리울음넝쿨 뻗어가는 밤

꼬리가 짧아지기 시작한 어린 개구리 비친다

막, 꼬리를 벗어던지는 찰나

어린 개구리들 꽁무니가 별자리로 맺혀 빛난다

살랑살랑 나부끼는 바람이 똥꼬를 찰지게 핥았겠다

어떤 녀석들은 폴짝폴짝 뛴 공중에서 서로들 놀라

하늘 저편까지 바라보다가 뒤로 자빠지기도 한다

밤새도록 뜀뛰기 놀이 하는 논두렁마다

개구리울음넝쿨이 은하수까지 쑥쑥 뻗어나가고 있다

고래자리

1

수평선 저 너머까지 수놓은 별자리들이
총총하게 반짝이는 구룡포항,
정어리 그물에 잡혀 올라온 밍크고래 한마리.

2

탐조등 빛을 등진 사내가 고래를 부위별로 해체작업 중
이다. 큰칼이 꼬리와 등뼈를 순식간에 갈라놓는다. 너저분
한 바닷속을 다 드러내듯 고래의 뱃속에서 수많은 새우, 멸
치 들이 흘러나오고 헤벌어진 자궁에선 고래새끼가 옹그
리고 있다. 마지막으로 간곡히 울고 간 고래 울음소리가 내
가슴속에 고래물길의 항로를 열어놓자 혹등고래, 대왕고
래, 참고래, 긴수염고래, 귀신고래 들이 오랜만에 사방팔방
으로 헤엄쳐 다닌다. 덩달아 작살을 등에 업고 경해(鯨海)*
까지 고래사냥 나온 장생포 사람들이 바닷길을 쏘다닌다.

3

내 몸에 피비린내가 흥건하다. 뭇별이 그렁그렁한 눈물

방울 머금은 하늘, 고래자리가 빛을 털며 온몸을 뒤척인다. 어미고래와 새끼고래의 영혼이 고래자리를 찾아 올라가나 보다. 은하수로 헤엄쳐가는 고래의 꼬리지느러미가 보인다. 그들은 바다보다 광활한 것이 은하수임을 알고 있을까? 별똥별 하나, 고래 울음소리로 하늘에 빗금을 치자 검푸른 은하가 삼라만상의 기운으로 생동하기 시작한다. 그때 촘촘한 빛의 그물에 걸린 고래자리가 칸나꽃보다 붉디붉게 울고 있다. 내 눈에 고래자리가 화인으로 찍힌 평온한 저녁이다.

* 난류와 한류가 교차하는 영일만 일대를 고래바다, 경해라고 불렀다.

일획의 꼬리가 굽어 빛나고

흐린 댓잎들이 몸을 뒤척이는 저녁
대숲은 커다랗고 깊은 뒤주인 듯했다
독 긁는 소리로 우는 능구렁이,
온몸의 숨구멍 활짝 열어놓았는지
신열도 미동도 없이 꼿꼿하게 서 있다
아랫배 한가운데의 꽃비늘이 너무나 묽다
쥐새끼라도 거룩히 잡아먹은 것인가
대가리는 무엇엔가 찢겨 표표하다
생계를 잇는 일은
몹쓸 죄로 허물을 벗게 하는 것이다
분분한 바람이 장독대를 돌아
능구렁이 낯짝을 댓잎보다 맑게 씻겨준다
제 몸에 가시가 많아 찔려오는
통증 같은 울음이 어둠을 불러오는가
그때 일획으로 뻗친 꼬리가 굽어 빛나고

소한에서 대한 사이

눈꽃이 小寒에서 大寒 사잇길로 흩날린다 하늘이 쨍하니 갈라지는 소리 들린다 도깨비가 도토리묵을 생각하기에 좋은 날이다 장끼만이 다니던 들길 따라 반딧불만한 눈이 펑펑 쏟아진다 오늘은 행방불명되었던 기침소리가 내 가슴속을 설핏설핏 헤집었으니, 시골집 흙벽이 무너질 듯 흔들린다 나는 잠 한숨 이루지 못하고, 모과차 끓이며 생각한다 기침소리처럼 웃고 손짓하는 눈도 자욱자욱 모과차 한모금에 묻혀 갈는지

마이산 천지탑

1

은수사(銀水寺) 길

산벗나무 꽃망울이 터지려는지 꿈틀거린다

(한 줄기 빛이) 줄(啐) (꽃잎이 포효를 지르며) 탁(啄)[*]

막 흘러나온 향기가 지루한 평온을 펼쳐놓은 날

햇살무늬 꽃잎들이 하늘로 뜨고

꽃구름 화관을 쓴 봄은 지상으로 내려온다

2

그해 초여름

하늘수박넝쿨이 탑 가장자리에 뿌리를 내렸다

무당벌레가 높은 곳만 찾아 오르듯

바람이 키워온 초록 더듬이가 탑을 휘감고 올라간다

하늘수박넝쿨이 제 품에 탑을 안고 있을 때

잎줄기마다 땡볕을 움켜쥔 열매가 숨어 있는지

허공을 환하게 환하게 밝히면

제 몸에 설계된 실핏줄들이 선명해진다

독새풀 꽃봉오리가 빗장을 걸어잠그는 푸른 저녁

구렁이가 서늘한 허물을 벗고 돌 틈에서 빠져나오고
열매의 배꼽에선 빛깔들이 저절로 익어나온다
방망이가 야구공을 외야 펜스로 날려 보내듯
탑이 쏘아올린 전파가 보름달에 부딪친 시월
줄기마다 통통한 별빛이 주렁주렁 매달려 있을 때
꽃구름이 붐비는 곳마다 바스락거리는 소리가 났다
어둠의 품에서 새벽달이 웅크리고 있었나보다
그때 새벽달에서 막 깨고 나온 불새를 향해
내 눈은 열리고
잠시 물 위에 빛나던 고요 속에서
천지탑은 땅에서 자란 풍경을 송출하기 시작한다

* 줄탁(啐啄): 병아리가 알에서 나오기 위해서는 새끼와 어미닭이
  안팎에서 서로 쪼아야 한다는 뜻.

맨드라미

　화단 앞에서 수탉 두마리가 싸우고 있다. 땅을 박차고 허공을 날며 서로의 대가리를 콕콕 쪼아대는데, 벼슬에서 피가 얼키설키 쏟아진다. 싸움에는 퇴로가 없다. 기세등등한 부리가 화살이자 곧 과녁이다. 장벽으로 마주보고 있다가도 다시금 치받으니, 이것이야말로 생을 벼랑으로 밀고 가는 싸움이겠다. 급기야 한마리가 이승 너머까지 나아가는 줄 알고 비명을 지른다. 수탉의 대가리에서 붉디붉은 맨드라미 활짝 핀다. 그때 대숲에서 은둔하던 족제비 부부가 수탉 한마리씩 물고 논길로 사라진다. 한됫박의 피 흘리고 간 수탉의 저승길만큼 화단의 맨드라미가 막무가내 꽃 피우는 일도 혼곤하겠다.

어떤 평화

오일마다 어김없이 열리는 관촌 장날
오늘도 아홉시 버스로 장에 나와
병원 들러 영양주사 한대 맞고
소약국 들러 위장약 짓고
농협 들러 막내아들 대학등록금 부치고
시장 들러 생태 두어마리 사고
쇠고기 한근 끊은 일흔다섯살의 아버지,
볼일 다보고 볕 좋은 정류장에 앉아
졸린 눈으로 오후 세시 버스를 기다리고 있다
기력조차 쇠잔해진 그림자가 꾸벅꾸벅 존다

하품 한 자락

노부가 등허리를 잔뜩 웅크린 채로 창밖만 내다보고 있다

가끔 물 한모금 달라는 목소리가 올무에 걸린 노루 울음
이다

차고 어두운 초록빛이 산골짜기에 서서히 번져가듯이

그러나 동력경운기가 자빠름한 비탈길을 올라가듯이

힘줄 가쁘게 숨을 몰아쉬면서 달력의 소만(小滿)을 쳐다
본다

모판에 파종한 볍씨들 총총히 잘 자라는지

대밭 죽순들 쑥쑥 잘 올라오는지 궁금한 거다

어스름 늘그막에 황소울음 앞세우며

지게에 푸른 깔 가득 지고 집으로 돌아가고 싶은 거다

지금은 웅숭깊게 파인 쇄골에 좁쌀 한되 들어갈 듯한 대낮

노부가 막장 힘 하나 못 쓰고 몇개의 해와 달을 떠나보내 때

올무에 걸린 노루 울음이 내 가슴팍을 톡톡 두드리기 시작한다

그때 소만의 산과 강이 하품 한 자락 길게 뽑아올리고

나무와 길과 풀과 바람이 진초록 슬픔으로 울연해진다

물옥잠

가장 위험한 향기는 부패 속에서 태어나고
그 낯빛이 푸르고 희네, 아니 양잿물보다 선량하네

못이 참방거리지 않는 시간
물옥잠의 부력을 빌려와 헤엄치는 소금쟁이들
위액같이 엎어진 하늘 속까지 파고드네
파종파종 꽃집을 꾸며놓은 물옥잠은
돌담 높은 집의 여편네같이 도도하지 않네
악취에 취한 난민들 같아, 가까이 할 수 없네

치욕을 통째로 삼키거나 차라리 낮달같이 품어
흙 속의 뿌리와 꽃대 위의 하늘을 사랑하는 물옥잠,
권태와 게으름으로 일어서는 물방울을 좋아하고
맑은 꿈결무늬를 산바람에 씻어 낯을 말리고 섰네

제 몸의 부레보다 커다란 꽃대를 세우고
물소의 뿔 기운으로 돌진할 듯한 물옥잠
그러나 못 위의 바위에 앉아

울고 간 박새와 울러 올 곤줄박이의
목울대만한 적요가 몸 섞을 즈음

죽음의 빛인지도 모르는 환함──물옥잠 꽃이 피네
첫돌 맞은 아이의 결 고운 숨결이 들릴 듯하네

세숫대야에 뜬 별빛

돌담에서 작은 풀벌레 울음이 하나둘씩 마실 나와요 토방을 쩌렁쩌렁 밝히는 귀뚜라미 소리 마실 나와요 내 어머니 온몸에 쌓인 피로먼지를 털어내는 음악이네요

토방에 걸터앉은 어머니가 세숫대야에 발을 담그셔요 두꺼비 등허리를 닮은 발뒤꿈치의 때들이 씻겨나가겠죠 별똥별 한 무리 발목에 모여 푸른빛으로 어른거려요 어머니 발이 하나의 천체라는 생각이 들어요 마음으로 별자리들의 움직임을 느껴요

어머니 발을 만지작거리는 횟수가 잦아질수록 견고하게 얼어 있던 굳은살들이 말랑말랑하게 피어나요 나는 흙내음 가득 배긴 뒤꿈치를 도루코로 깎아요

그 흙비린내가 앞마당을 흥건하게 적셔놓은 밤, 어머니는 보름달보다 밝고 커다란 함박웃음을 보여요 매끈한 발에선 종종 서늘한 가을바람이 새어나오고요 세숫대야엔 헛구역질하듯 촉촉한 별빛들이 반들거려요 파랑파랑하게 어

칠비칠하는 샛별도 있어요

　정갈하게 씻긴 어머니 발을 수건으로 닦아내요 어머니가 다시 고무신을 신으시려고 신을 탈탈 털 때, 귀뚜라미가 펄쩍 뛰어 담장 위로 날아가고요 세숫대야에 뜬 별빛이 총총 하늘을 되비치고 있네요

담의 공백

작은 바위와 모난 돌덩이를 뭉갠 장마가 지나가고
큰 도적은 아니더라도 작은 도적이 드나들 수 있는
길이 뚫렸다

가시철망도 개 짖는 소리와 같이 사라지고 없다
작은 목숨들이 그 길에서 들먹거리고 눈치를 본다

가장 먼저 바람이 안달을 부리듯 앞마당으로 뛰어들자
속옷 벗어놓고 간 산 그림자가 잠시 들어왔다 나간다

덜 마른 빨래들의 귀때기가 풀벌레의 성문을 잡아채는
저녁,
참새 발소리 겹겹이 흩어졌다 모여 울고 가는데

은둔하는 호랑이는 배를 깔고 누웠다가 귀를 세우고
멀쩡한 낮으로 엉큼한 사랑을 생각하는 나를 헤어보는데
나 또한 별 두려움도 없이
양미간에 피 몇점 묻어 있는 송곳니의 나이를 헤어본다

등 긁는 걸 즐기는 호랑이의 얼굴은 노독(路毒)에 젖었다
저녁의 처마 끝으로 모여앉은 이슬에 비친 나도 그러하다

담의 공백을 만든 호랑이의 잔상은
눈동자 바람에 곱게 씻고 찾아봐도 뵈지 않는다
호랑이는 외진 모퉁이를 섭섭지 않게 지나가고 있을까

모처럼 주려 있는 담 가장자리는
호랑이 꼬리털을 호렸나보다, 피 묻은 조각 얼룩이 많다

프로펠러

한 줄기 바람을 피우기 위해
어둡고 환한 여름 산은 프로펠러를 돌리나보다

하찮은 하루가 어두운 모깃소리보다 후덥지근하다
당신은 오래된 숲그늘 속으로 들어가 삶을 충전하고 싶어
삽짝 위에 윗도리를 걸쳐놓고 충만한 낮잠에 든다

구멍 숭숭 뚫린 나무그늘로 땡볕이 들이치는데,
바람은 어둑어둑 흐린 빛으로 불어와서
우물 속 고요가 소용돌이치듯 당신의 잠을 다독여준다
그때 은빛 생선들처럼 파닥이는 나뭇잎들이
차디찬 녹음 수렁으로 깊어져간다

나는 바람이 어디에서 불어오는지 측량할 수 없다
그러나 프로펠러를 몸 안에 지닌 나무가
여름 산에 크고 작은 바람들을 빽빽이 채우는 걸 안다

저만치 공중부양을 좋아하는 바람이 자꾸 불어온다

과열을 지닌 당신의 몸에 얼음산을 세우려고
　저속으로, 고속으로 푸른 갈기를 휘날리며 불어온다
　불끈거리는 백혈구가 당신의 몸속을 누비듯이

　여름 산은 어디쯤에서 프로펠러를 돌리고 있을까
　먼 골짜기를 휘감고 나온 녹음이 당신을 껴안고 있을 때
　성한 데 없는 늙은 뼈마디마다 푸른 연골이 가득 차오
를 때

　이제 당신의 몸은 프로펠러만큼 단단하고 날렵해진다

죽순

수상하다,
습한 바람이 부는 저 대밭의 항문

대롱이 길고 굵은 놈일수록 순을 크게 뽑아 올린다 깊숙이 박혀 있던 뿌리들이 푸른 힘을 밀어낸다 댓잎이 쌓여 있는 아랫도리가 축축한 무덤이 되었다

죽순(竹筍)이 무덤 속에서 대가리를 내밀 때!
나는 뿌리 끝에서 떨어져나온 힘의 자세와 황소자리에서 쌍둥이자리로 넘어가는 초여름의 항문을 생각한다

죽순은 바람이 세차게 불어도 흔들리지 않는다 대나무 줄기가 살쪄오를 때까지, 뿌리마디엔 너무나 많은 대숲이 웅크리고 있는지, 괄약근의 그림자가 터질 듯 어둡고 아름답다 세상에서 가장 음습한 항문으로부터 죽순이 나오는 소리는 깊다 그때 댓잎에 미끄러진 햇빛이 죽순의 푸른 옷을 던진다

허기의 관

파리지옥이 식물성으로 역진화한다는 걸 믿어서는 안된
다 육식성이라는 것도 믿어서는 안된다

푸른 영구치들이 놀랍도록 하얗다 우아하게 가느다랗다
아가리를 찢어지도록 크게 벌리고 서 있는 파리지옥, 뼛속
까지 허기를 숭배하는지도 모른다 악착같이 침묵으로 서
있겠지만 날벌레의 육체만을 생각한다

지옥을 가진 식물들은 죄다 끈끈한 액을 가지고 있다 벌
레잡이통풀도 저 혼자 아름답게 웅크리고 있다 살기 위해
어쩔 도리 없이 날숨을 놓는다 지옥을 팔아서 지독하게도
생을 이어간다 제 아가리에 캄캄한 햇살이 어룽거리고 어
디선가 날개 달린 것들이 공중을 접는다고 생각한다 날벌
레의 날개까지 다 씹어 먹을 거라고 생각한다 오늘도 벌레
잡이 식물원의 풀들은 영원한 허기의 관(棺)에 생매장된다

두 가닥 레일을 기리는 노래

멀리 있는 것들을 곡선의 힘으로 잡아당겨보고 싶다 잠든 역의 품속으로 젖먹이처럼 들어가듯 나는 차창의 어깨에 기대어 조는 시선이고 싶다 멀어진 지평선 냄새 가까이서 다시 맡고 싶어진다 내 안에 있으면서도 항상 나를 떠날 수 있게 하는 풍경의 그늘은 깊다 그 움직임이 아직 지지 않은 꽃송이를 불러 모은다 풍경은 멀수록 비밀스럽고 아름답게 빛난다 날개를 단 풍경 속으로 화석이 된 시간이 붐빈다

내가 심원이 깔린 우주 속 레일을 밟아가자 끝없이 다시 태어나는 별빛 보푸라기들 날린다

꾸벅 졸다가 깬 셔츠의 목깃은 오늘밤 당신의 누추한 목선을 쓰다듬을 것이다 방랑자같이 울적한 마음은 새까만 밤의 지붕 위에서 잠들 것이다 나는 이탈한 음표와 같은 셔츠들이 몇이나 될까 헤아려보기도 한다

파란 셔츠에 목을 심고 출장을 가는 얼굴들아, 레일 밖에

서 서서히 다가오는 늙은 역의 숨결소리가 신의 전설같이 사랑받고 있다고 생각하자 창 속으로 조금씩 녹아드는 새벽이 내 몸에 이식된다고 믿자

오늘도 자갈투성이 세상으로 돌아 나오는 막차, 늙은 레일의 가랑이 사이로 해와 달의 여백을 밀어넣는다 레일은 출렁이다가 넘실거리다가 다시 찰랑이는 일상을 건너고 있다 당신과 나는 한마디 말도 나누지 않는다 하루가 레일만큼 팽팽하다

큼지막한 수박에 대한 송가

1

수박밭에는 뱀도 많고, 멀리 있으니까 쉽게 다가가지 못했다 땅꾼만이 까치독사나 능구렁이를 잡으려고 수시로 드나들었다 푹푹 빠지는 진흙길, 그러나 땅꾼은 뱀이 아닌 수박을 탐했다 독사의 눈을 가져온 땅꾼이 나는 무서웠다

수박은 여름밤의 뭇별을 후후 빨아들이고 있었다 얼룩진 시간이 하냥 바라보던 달의 가면을 훔쳐와 훤한 뒤통수에 그려넣었다 그리고 어느날부터 달콤한 죄를 펼치듯 제 심장을 제물 삼아 물불을 확 질렀다 붉게 타오르면서 좀처럼 타지 않는 초록짐승이 되었다

2

수박——태양의 오아시스, 그건 내게 없었다 *너그 외할매, 생신 때 수박 따갈 거니까 조금만 참자* 엄마의 말 대신 나는 손가락으로 입술을 잡아당기며 날짜를 세었다 팔월 염천 어룽대는 저녁 즈음 땅꾼은 가마니 등짐 지듯 큼지막한 수박들만 서리하고 있었는데, 우리는 건성건성 서 있는 그 모

습이 뱀을 잡고 있는 거라고 생각했다

  흙개미들이 달콤하게 묽은 향기 속에서 구르는 금수박의
별들을 끌어가는 한낮, 나는 땅꾼이 죽도록 미웠다 그러나
엄마 허락 없이 들어간 수박밭을 헤쳐 보는데, 큼지막한 수
박 한 덩이가 둥글게 구워지는 걸 발견하였다 그걸 번개처
럼 쪼개 새소리와 누이와 기분 좋게 나눠먹고 있었는데, 저
녁 어스름이 가장 먼저 다가와 푸른 입술을 달싹거리면서
악동들의 땀냄새를 핥아주었다

서정적으로

　거인병에 걸린 소년은 낮잠을 자고 있어도 거인이고, 멍하니 한숨을 쉬고 있어도 거인이고, 성경과 시집을 심심찮게 읽고 있어도 거인이고, 매끄러운 피라미 비늘을 만지고 있어도 거인이다

　오늘은 저 높이 있는 꽃구름을 쉽게 잡을 수 있다고, 저 멀리 있는 것들의 새소리를 주워 담는 귀가 길쭉하다고, 급기야 소년은 커다랗고 아름다운 백양나무가 될 수 있다고 믿는다

　소년이 세상에 내세울 만한 것은 쇄골에 고인 거울 한 폭과 크고 짙은 눈동자와 뺨에 상냥하게 튀어나온 광대뼈인 것인데,

　저만치 놀란 눈을 크게 뜨고 소년 거인의 신기함에 꼼짝 못하는 아이는, 어제 읽은『잭과 콩나무』의 거인이 눈앞에 와 있다고 눈을 비비며 말한다── *와, 거인이다! 와, 거인이다!*

그때 소년은 발밑에 핀 야생화 속에 거인의 나라가 있다고 말한다 ── *애야, 거인은 세상에서 가장 작은 종족이란다*

거인병에 걸린 소년은 말수가 적어지고, 제 그림자를 가지고 삐딱하게 간다, 온갖 새로운 걸 알기 위해, 자신을 서정적으로 만든 저 너머의 세계로 간다, 무섭도록 태연하게 그러나 눈 뜨고는 볼 수 없는

나는 저 순결하고 드높은 거인의 나라로 걸어들어갈 수가 없다

월광욕

밤나무숲 위에 뜬 달덩이가 점점 커진다
산봉우리만큼 커지는 달,
바람이 제 영혼을 풀어놓고 길 위에 눕자
어둠이 세상의 모든 달에게 쫓겨 오래된 숨바꼭질을 했다
달빛이 어둠을 야금야금 반이나 먹어치울 동안
나는 아무도 없는 그곳에서 알몸으로 돌아다녔다
온몸에서 진동하는 밤꽃 냄새
하늘에서 달빛이 밤나무숲으로 투신했다
눈먼 꿀벌들이 초병들처럼 하나둘 잠에 들었으나
몽유병을 얻은 몇몇은 남은 꿀마저 도굴하였다
달빛이 어둠을 몸에 휘감고 나를 겨냥하자
때맞춰 나는 흰 면사포를 쓴 신부가 되는 듯했다
온몸에 꽃피는 땀구멍들이 가려우면 어쩌나
달을 오래 보고 있다가 목이 긴 사슴신이 되면 어쩌나*
나는 습관적으로 월광욕을 즐기며 달과 결혼했다
코끼리가 다른 세상으로 오고 가는 걸 교신하듯이
휘파람 소리로 오래된 밀담을 주고받기도 하였다
그때 아름답고 비릿한 내 사랑이 무성영화로 펼쳐졌다

어린 매들은 둥지 속에서
서로의 부리를 가슴 깃털에 깊숙이 찔러 잠에 취했고
나는 밤나무숲처럼 더없이 맑고 투명해졌다

* 미야자끼 하야오의 영화 「모노노께 히메」의 한 장면.

소문

나는 정신분열증의 탈을 쓴 귀신이죠. 아가리만 날카로운 귀신, 꼬리에 꼬리를 물고 다니기를 좋아하죠. 팔도 다리도 없는데, 잘도 뛰어다니죠. 장벽처럼 격조 높은 성북동 여편네들의 엉덩이나 입꼬리에 자주 붙어 다녔죠.

나는 어둠 속에 있기를 더 좋아했으나 햇빛도 두려워하지 않죠. 떼지어 다니거나 혼자 다녀도 움츠리는 법 없이 캄캄한 지구 위를 바람보다 더 빨리 달리죠. 나는 복사기의 빛처럼 서로에게 이방인으로 읽히죠. 나는 어제도 오늘도 내 꼬리를 셀 수도 없이 흘리고 다녔죠.

나는 형형색색의 찌라시, 창밖을 서성거리며 호시탐탐 적을 노렸죠. 총알 파편으로 퍼지는 권태가 되기도 했죠. 간밤 내내 나는 외롭지 않았죠. 바리움을 과다 복용한 우울氏를 저승으로 보냈으니까요.

지금도 호사가들의 입방아들은 나를 툭툭 털어내지 못했죠. 나는 복고풍 유행으로 번져가는 리트머스, 아무도 증명

할 수 없는 영험한 귀신, 그러나 나는 신출귀몰의 사생아, 호들갑 떠는 애증의 치부, 수없이 얼굴 바꾸며 쏟아지고 지워지는 맛있는 입술이 되었죠. 이제 침 뱉듯 나를 음부에 숨은 꽃잎마냥 까발려볼까요?

안녕, 서울이여!

나는 자동차 매연만큼 아름다운 것이 없다고 생각한다
클랙슨을 누르듯 퍼져나가는 희끄무레한 소음들아
시멘트 먼지를 뭉쳐 강철 뼈대를 세운 빌딩들아
그리고 상처 많은 간판들을 덮고 있는 가로수들아
포장 안된 살결의 길은 어디에서도 찾아볼 수가 없다
서울──모든 길과 도시가 딱딱하고 사람이 병들어 있다
위험 표지판만큼 팽팽한 계획을 벗어던지고,
지하철 노선을 벗어나 새로 난 지도 속을 들여다보기로
하자

깨어진 소주병에 박힌 빛처럼 서울의 초저녁은 날카롭다
별은 희미한 첫 여자의 체취같이 떠 있고 마음 온통 빨아들
이던 거리는 정신 놓고 굶주림과 권태를 동시에 키우고 있
다 그러나 석양을 되받아 그 일대를 연못으로 만드는 창문
들은 어지럽게 빛난다 그 위로 아직, 북한산에 녹음 켜고
있는 달이 눈 한번 질끈 감고 사라진다

그렇다, 흐르는 시간도 슬쩍 흐름 늦추어 갈 수 있는 곳이

서울이다 서울 ─ 외곽으로 뚫린 도로가 구멍 숭숭한 산 그림자와 목젖이 캄캄한 새를 무너뜨린다 산은 흔들리는 그림자를 청계천의 발목까지 담그고 자꾸 현기증을 게워낸다 안녕, 서울이여!

　서울의 젖꼭지, 서울의 체위 ─ 즉 건물을 감미롭게 만들수록 이곳은 당신의 울타리가 되었다 아니, 잘못 들어와 논밭과 무덤 갈아엎고 무한한 순간의 논리로 가득한 꿈이 되었다 서울; 사람을 짐승으로 길들이는 천개의 낭떠러지가 있다 나는 그곳을 수도 없이 지나쳤으니, 이제 그것은 나를 꼬나보고 있을 것이다

감각의 구체로 가닿는 생의 파동과 기원
유성호

1

이병일 시집은 근자 우리 시의 주류를 구성하고 있는 서정적 구심과 환상적 원심의 작법에서 멀리 벗어나 있다. 그는 '생기'라고 표현할 수 있는 명랑하고도 활달한 생명 감각을 통해 현실 여기저기에 난파된 채 도사리고 있는 소멸의 이미지들을 감싸안으면서 새로운 대체 질서의 재구축을 열망한다. 그리고 일상의 세목을 재현하는 섬세함과 장중한 호흡을 한 몸으로 결속하면서, 우리 기억 속에 편재하는 어둠과 그 너머의 빛을 상상적으로 탐색하는 데 남다른 공력을 들인다. 그럼으로써 그는 충일한 생명력으로 가닿는 시원(始原)의 상상력을 선연하게 보여준다. 그의 시가 사물의 세미한 움직임을 간취하면서도 존재의 시원적 원리에 대한 감각을 놓치지 않는다는 점에서 우리는 우리 시단의 한 균형 잡힌 개성적 진경을 만나게 된다. 가령 시집 첫머리에 실린 다음 작품을 보자.

작은 돌, 큰 돌, 옆구리가 깨진 돌, 대가리 날카로운 돌 모아 담장을 쌓아올린다. 황토와 짚을 잘 섞어서 두 집 사이에 돌 울타리를, 매화나무와 감나무의 경계선을 후회도 없이 쌓아올린다. 나는 큼지막한 돌덩이를 양손으로 옮긴다, 감나무 그늘로 옮긴다. 저만치 매화나무 꽃눈이 지켜봐도 돌풍과 작달비에 끄떡없는 돌담을 쌓는다.

오늘 나는 담장을 쌓아올리며 겨우내 잠자던 어깨 근육을 흔들어 깨웠다. 돌덩이 하나 놓고 수박만한 태양을 놓는다. 돌덩이 하나 놓고 굴참나무숲 그림자를 놓는다. 곰곰이 바람의 각도와 수평을 맞추고 또다시 돌덩이와 재미없는 한낮의 하품을 마저 놓는다. 그때 나는 줄곧 이 담장 타기를 좋아하는 장미나 능소화의 유쾌한 질주를 생각한다.

나는 자명하게도 담장을 쌓는 일에 끝없는 동작으로 있는 힘을 탕진 중이다. 누가 또 돌담을 쌓아 격장(隔墻)을 이루는가, 그러나 나는 돌담처럼 맑디맑게 정다울 것

113

이다.

—「격장」 전문

서로 이웃하면서 삶의 동질성과 긍정성을 북돋는 과정을 담장 쌓아올리기로 치환한 이 시편은, 시인이 꿈꾸는 대체 질서의 외관과 실질을 잘 보여준다. 이런저런 돌과 함께 황토와 짚까지 섞어 두 집 사이에 쌓아올린 담장은 일차적으로는 매화나무와 감나무 사이의 경계선이지만, 겨우내 잠자던 어깨 근육을 깨우고 태양이 내리쬐는 굴참나무숲 그림자와 장미, 능소화 등속을 나란하게 배치하는 것을 염두에 둔 삶의 디자인으로 그 위상을 차차 바꾸어간다. 이 유쾌하고도 간결한 삶의 재배치는 다른 이들도 돌담을 쌓아 격장을 이루는 과정을 파생적으로 동반함으로써, 서로 간에 맑디맑은 정다움을 끝없이 만들어가는 과정으로 나아간다. 이때 '격장'은 가혹한 생을 견디고 새로운 열정을 재구축해가는 행위를 은유하는 것이자 그로 인한 수평적 결실까지 함의하는 이중적 의미망을 거느린다. 그래서 이 시편은 이병일 시학이 꿈꾸는 수평적 관계론을 적실하게 드러낸 사례로서, 견고하게 쌓아올린 돌담을 통해 생을 견디고 나아가 사물들을 간결한 대체 질서로 배치하려는 새로운 열정을 보여주는 것이다.

이병일이 세상을 읽는 방식은 현실의 물질성을 언어의

물질성으로 대체하거나 아니면 지사적 품격으로 현실을 뛰어넘는 초월성에 있지 않고, 밝은 영혼으로 삶의 무거운 의미론에서 한결 자유로워지면서 동시에 그 과정을 미학적 열정으로 품어 안으려는 불가능한 노력을 경주하는 데 있다. 사물의 구체와 그 너머의 심연을 꾸준히 오가면서, 자기확인과 세계 해석의 파동을 동시에 그리려는 열정에 의해 구성된 그의 시편들은, 사물의 표면이 뿜어올리는 감각적 매혹보다는 그 이면에 존재하는 삶의 다른 형식을 투시하려는 간단치 않은 의지로 번져가고 있는 것이다.

　　한생이 유창하게 탈바꿈하듯
　　오래 준비된 침묵은 거꾸로 빛나는 웃음이고
　　꿈틀대는 바보 웃음이고
　　그러나 그 순전한 웃음이 글썽거리네
　　아프도록 멀리 있는 병이 씻기는 기분이랄까

　　거기, 하염없이 차갑고 맑은 여자가 사네
　　오늘밤 나는 우물 속에 얼굴 처박고
　　갈증으로 일렁이는 입술을 가만히 포개어보네
　　　　　　　　　　　　　　　　　　　　　 ―「우물」 부분

　이렇게 생의 심연을 바라보는 그의 만만찮은 투시력은,

오랜 침묵에 잠겨 있는 우물 속에서 빛나고 글썽이는 웃음을 통해 삶의 근원적 치유를 꿈꾸는 데로 나아간다. 그곳에는 시인이 가닿고자 하는 차고 맑고 심원한 세계가 일렁인다. 그곳을 향해 가는 시인의 마음은 단아한 수렴보다는 끝임없는 발산을 욕망하는 에너지로 충일하다. 그렇게 이병일 시편은 수평적 관계론과 함께 수직적 깊이를 향한 역동적 열망을 끝없이 동반한다. 한편으로는 "세상의 옆구리에 박히는 붉은 심장의 박동을 세어보기 위해"(「옆구리의 발견」) 격장을 이루어가면서 다른 한편으로는 가장 깊은 "파동이 있는 곳을 응시"(「파랑의 먼 곳으로부터」)함으로써 스스로의 시편들을 "끝끝내 굴복하지 않는 절명의 시"(「다시 담배꽃 ─ 향기의 대서」)로 만들고 있는 것이다. 심미적 파문과 함께 근원에 대한 추구 의지를 놓지 않는 그의 상상력이 이렇게 깊고 역동적이다.

2

이병일은 우리 주위에서 고단하게 삶을 수행해가는 타자들을 향해 그 특유의 감각적 시선을 건넨다. "거름자리를 파헤치는 갈퀴 발의 노동"(「닭발이 없었다면」)이나 '일용직 거미인간들'의 삶을 놓치지 않는 시선에는 사회적 존재들의 구체를 잡아채려는 상상력의 긴장과 활력이 진하게 묻어 난다. 가령 "오늘도 나는 앰뷸런스에 실려가는 하루를 보았 다, 멍하니 세상을 쏘아보다가, 순간의 망치질로 내 손등을 내리쳤다 눈물이 찔끔, 쏟아졌다 그때 사소한 일상은 또 수 렁처럼 깊어지고, 나는 또 언제 씹힐지 모르는 철근의 아가 리 속에서 저녁을 맞는다"(『사소한 기록』)라는 표현에서 그는 지겹도록 사소하지만 우리 삶을 바닥(bottom/basis)에서부 터 구성하는 노동의 질감과 삶의 물리적 흐름에 대한 예민 한 촉수를 내내 견지한다. 그 순간 어긋나는 여러 속성들이 한 몸에 깃들여 있는 상황, 곧 "우아한 말 속에는/숨 가쁘게 썩는 부패의 힘"(『어느 똥통 지옥』)이 숨어 빛나고 있는 것 같 은 삶의 엄연한 아이러니가 그의 시편 안쪽으로 발을 들여 놓게 된다.

　　햇살 좋은 날씨가 많아질수록 건물들은 쑥쑥 자란다
　　저만치 펌프카는 철근 속옷만 걸친 건물들에게
　　말랑말랑한 콘크리트 반죽을 짱짱하게 입히기 시작한다
　　안전모를 쓴 인부들은 밥알같이 모여앉아
　　배선과 배관이 핏줄로 지나갈 자리를 생각한다
　　더러는 비의 각도와 기압골의 항로를 체크해둔다
　　그라인더로 벽돌 자르는 소리들이
　　가로와 세로의 기둥과 내벽으로 맹렬하게 세워지고,

잘 짜여진 방음벽만큼 한치의 오차도 허용하지 않는다

건물은 반듯하게 자라는 기하학의 그림자를 키운다

근사한 높이를 얻는 방과 계단 혹은 엘리베이터도 키운다

수학적인 기호들이 공기의 궤적을 뚫고 침묵할 때

물고기 비늘만큼 아름다운 대리석과 유리창이 빛난다

건물들은 식물의 욕망을 가지고 산다

첨단기술이 두더지처럼 기나긴 지하 세계를 뚫고 나와

지상 위에 정기적으로 거대한 아파트를 심고 있을 때

나는 종신보험을 들고 나온 초식동물의 꿈을 꾼다

건물의 유일한 외부인 골목에서 식물 냄새가 맡아진다

그러나 많은 나무들은 더이상 꽃과 열매를 맺지 않는다

오늘도 강남역 사거리는 식불성으로 천천히 몸을 일으킨다

—「식물성의 발견」 전문

이 작품의 대위(對位)는 일차적으로 '금속성/식물성'의 배치에서 온다. 도심의 건물들, 펌프카와 철근, 콘크리트 반죽, 배선과 배관 등이 예의 금속성을 드러낸다면, 그 건물들이 꿈꾸는 상상의 세계는 '식물의 욕망'으로 착색되어 있고 기하학과 수학 건너편에 놓인 초식동물의 꿈으로 현상한다. 이러한 구도는 첨단 테크놀로지가 삶을 에워싸고 있는

우리 시대의 문명을 근원에서부터 전복하면서 건물의 유일한 바깥으로서의 '골목'을 상상하게끔 한다. 이 작품에서 유의해 보아야 할 것은 건물들의 생태나 외관이 그 자체로 식물성을 함유하고 있다는 것인데, 햇살 좋은 날 쑥쑥 자라고, 지상 위에 심어지고, "식물성으로 천천히 몸을 일으"키는 과정이 수반되기 때문이다. 이러한 상상적 배치를 통해 이병일은 문학의 사회 참여라는 해묵은 아포리아로부터 자유로워지면서도 우리 존재를 근본적으로 규율하고 있는 미시권력을 비판하고 천천히 그로부터 존재를 일으키는 역동적 사유를 함께 보여준다. 스스로를 일러 "나는 나무속의 미끄럽고 촉촉한 언어를 찾는 고고학자"(「기린의 취향」)라고 칭하였거니와, 이 적절한 자기비유는 앞으로도 이병일을 우리 삶의 근원적인 생태학을 그려가는 시인으로 존재하게 할 것이다. 이러한 삶의 아이러니를 포착하고 형상화하는 남다른 능력은 "활자들의 숲이 천개의 도서관을 만들어가"(「활엽수림 도서관」)는 과정에서도 "비참한 황홀과 반짝이는 비애"(「올랭피아」)가 함께 숨어 있다는 점을 알아채는 감각으로까지 나아간다.

　나는 지금 군불보다도 더 따스하다. 몸 전체가 숨죽은 삭풍이랄까. 한사코 투신하던 희끗희끗한 물줄기는 없다. 겨울도 깎지 못한 형량만이 빛나고 있다.

죽은 물빛이 힘차게 증식되는 중이다. 빙폭은 요행을 바라지 않는다. 죄 많은 생각 혹은 거꾸로 선 체조선수의 체위로 뒤집힌 세상을 본다. 그사이 또 나는 죽을지도 모른다.

나는야 절벽의 발등을 찧으며 쩡쩡 운다. 나는 번뇌처럼 서서 선량한 백치(白癡)를 꿈꾸는 물줄기였으니까. 내 안의 물고기들 꼿꼿하게 결빙되어가는 한낮, 나는 죽을 수 없다.

빙폭은 노골의 회음부로 서서 불가사의하다. 애인의 질 속에서 내온 냉(冷)빛이어서 더욱 그러하다.

저만치 얼음거미가 나를 쳐서 싸락눈과 춥던 군불 속으로 들어간다. 빙폭이 몸 없는 영혼이라고 추락사한 어느 절명은 그걸 믿었다.

오늘도 빙폭은 빛날 수 없기에, 무섭게 태연하다. 내게 뼈 울음 같은 고락이 없는지 되묻고 있는 거다.

—「빙폭」 전문

가파르고 단호한 표상을 지닌 '빙폭'을 통해 이병일은 자신의 육체 속에 각인된 통증의 시간들 그리고 그것을 넘어서는 에너지를 모두 상상한다. 빙폭을 상상하는 시인의 '몸'은 "군불보다 따스하"고 아예 "몸 전체가 숨죽은" 바람과도 같다. 물줄기마저 얼어붙어 겨울의 형량처럼 빛나고 있는 빙폭은, 바람과도 같았을 시인의 생애로 하여금 "선량한 백치(白癡)를 꿈꾸는 물줄기"를 자임하게 한다. 세상을 거꾸로 보면서 불가사의하게 태연한 빙폭은 이렇게 시인을 죽음과 삶 사이의 길항과 긴장으로 몰아넣는다. 그 무서운 추락과 절명의 반복 속에서 시인은 빙폭의 물질성을 고스란히 품은 채 "뼈 울음 같은 고락이 없는지 되묻고 있는" 빙폭의 모습을 자신의 삶의 시간적 등가물로 삼는다. 순간, 공간 비유를 통해 시간 사유를 수행하는 상상적 비약이 단연 빛나게 된다.

시간이란 누구에게나 공평하게 주어진 객관적인 것으로 여겨지기 쉽지만, 그것은 주체의 내면에서 지속되는 어떤 흐름으로만 경험되는 심리적이고 주관적인 실체일 것이다. 따라서 모든 사람은 자신만의 시간 단위를 가지고 있으며, 그것은 주체가 처한 실존적 정황에 의해 끊임없이 감각적으로 현재화된다. 이병일의 경우, 시간이란 자기실현을 끊임없이 유예시키면서 몸속에 수많은 통증의 흔적들을 새기고 있는 파동들로 다가온다. 그래서 그의 시간은 과거를 미화하는 원리나 미래를 앞당기는 원리로 나아가지 않고 자신의 현존을 이루는 흔적들로 줄곧 나타난다. 그만큼 그는 자신이 처한 현재적 조건에 육체를 입히는 형식으로 시간을 형상화한다. 이는 그가 "아름다움 끝에 있는 폐허"(「아직 봄은」)를 열망하면서 그 폐허 위에서 "다시 자라나는 생의 기미"(「공포의 축제」)를 찾아가는 영락없는 '생성의 시인'임을 알게 해준다. 그는 여전히 악몽과 황홀과 고독을 몸에 새겨가지만, 곳곳에 비치는 활자나 문장에 대한 충일한 자의식과 함께 그 고독한 몸이 어느새 "출렁이다가 팽팽해지는 느낌"(「씨앗의 발견」)을 새삼 발견하게 된다. 가파르지만 아름다운 시간들이 아닐 수 없다.

3

대개의 서정시는 자기표현 발화를 통해 시인의 자의식을 첨예하게 드러낸다. 이때 자의식을 구성하는 직접적 질료는 구체적 경험에 대한 기억이고, 그 경험과 기억을 표현하는 원리는 생을 순간적으로 파악해내는 순연한 감각일 것이다. 이병일 시편의 수원(水源)은 지나온 시간들에 대한 기억의 원리에서 발원하는 경우가 많다. 그것이 감상을 동반한 회고주의나 추억 제일주의로 나아가지 않고, 잔잔한 세목의 재현을 통해 자신의 애잔하게 빛나는 존재론적 기원을 상상하는 쪽으로 나아가는 데 그만의 특장이 있다.

> 오일마다 어김없이 열리는 관촌 장날
> 오늘도 아홉시 버스로 장에 나와
> 병원 들러 영양주사 한대 맞고
> 소약국 들러 위장약 짓고
> 농협 들러 막내아들 대학등록금 부치고
> 시장 들러 생태 두어마리 사고
> 쇠고기 한근 끊은 일흔다섯살의 아버지,
> 볼일 다보고 볕 좋은 정류장에 앉아
> 졸린 눈으로 오후 세시 버스를 기다리고 있다
> 기력조차 쇠잔해진 그림자가 꾸벅꾸벅 존다
>
> ─「어떤 평화」 전문

이 잔잔한 소품에는 탄력적 디테일들이 숨쉬고 있다. 아버지에 대한 기억을 생생한 현재형으로 호명하고 있는 이 시편은, 시골 장 서는 날 아버지의 동선을 그대로 따라감으로써 자신의 존재를 가능하게 한 평화 한 컷을 선연하게 부조(浮彫)한다. 아버지는 정확하고 느릿하고 쇠잔한 시간을 따라가신다. 아침 버스와 병원, 소약국과 농협과 시장을 차례로 들르는 일련의 시간들, 그리고 볕 좋은 정류장에 앉아

다시 돌아갈 버스를 기다리는 느런한 그다음의 시간들은 그 자체로는 쇠잔한 것이지만 그 안에 가장 평화로운 존재론을 담고 있는 싸이클이 아닐 수 없다. 이렇게 시인은 "자신을 서정적으로 만든 저 너머의 세계"(「서정적으로」)까지 멀리멀리 바라볼 줄 안다. 이때 이병일의 순연한 감각의 구체들은 시간성과 역사성의 옷을 입게 된다. 또한 그것은 바르뜨 식으로 말하면, 부재하는 존재에게 부재에 관한 담론을 끝없이 늘어놓는 '사랑'의 마음과 다르지 않다. 그래서 그 부재하는 존재는 지시물로서는 부재하지만 현재적 대화 관계에서는 끊임없이 현존하는 존재로 탈바꿈된다.

이렇게 이병일은 인간을 세계내적 존재이면서 동시에 세계의 의미를 묻고 그 세계의 필연성을 박차고 자유의지를 가지는 존재로 그려낸다. 순수한 감각적 구성물로서의 예술의 존재 방식을 넘어, 인식론적 현상으로서의 '지각'이 아니라 육체와 시간에 직접 작용하는 존재론적 사건으로서의 '감각' 세계를 보여준다. 이때 감각이란 외적 세계와 자아를 연결해주는 통로로서, 자아와 세계의 접점으로서 각인되고, 지각 체계에 포섭되지 않는 존재 각각의 고유성을 드러내는 구체적 방법론으로 기능하는 것이다.

어떤 시편을 인용하더라도 상관없을 것 같은 균질성으로 이병일은 자신이 첫번째 집을 이토록 아름답게 장만했다. 첫 시집부터 명민한 담론 구성을 욕망하곤 하는 여느 시인들과는 전혀 다른 곳에, 생의 직접성에서 비롯한 언어들로 격장을 이룬 것이다. 그것은 수평적 관계론과 수직적 깊이에 대한 동시적 열망, 사물의 구체와 시간에 대한 남다른 사유, 깊은 기억을 통한 존재론적 기원 탐색으로 이루어진 심미적 화폭이었다고 할 수 있다. 이렇게 생의 파동과 기원에 감각의 구체로 가닿은 과정을 갈무리한 그는, 이제 새롭게 신발 끈을 매면서 더더욱 구체와 깊이를 동시에 결속하는 생의 형식을 탐색해갈 것이다. 그때 그의 시편들은 "눈부시게 아름답도록 명랑"(「명랑한 남극」)한 자신만의 아우라를 우리 시단에 기록할 것이다. 남부럽지 않은 첫 시집의 성과를 디디면서, 그가 우리 시단에 빈곤하기 짝이 없는 감각의 파동과 삶의 기원을 동시에 노래하는 시인으로 등극해가기를 마음 깊이 희원해본다. 젊은 시인이여, 그럴 수 있지 않겠는가.

柳成浩 | 문학평론가

존재의 운명을 엿볼 수 있다는 것은 흥미로운 일이다. 첫돌을 앞둔 아이는 손가락 힘이 세다. 그리고 손가락으로 집어올린 것들을 입으로 가져간다. 입을 통하여 세상의 사물들에게 말을 걸고 있는 거다. 아니, 맛을 음미하며 사물의 마음을 슬그머니 엿보는 거다. 그리고 정말 능청스럽게 웃는다. 나는 이 능청스러움을 아이에게 다시 배우게 되었다.

내 시의 두엔데(duende)는 자연물에서 시작된다. 나는 자연이 정교한 기계장치로 되어 있는 생물이라고 믿는다. 나는 자연 속에서 생명의 첨예한 촉수를 발견하는 일이 즐겁다. 꽃이 피거나 말거나 새가 울거나 말거나 사람이 죽거나 말거나 자연은 침묵으로 일관한다.

다만 시인만이 자연의 묘한 움직임을 감지하고, 어느 생물의 운명을 빌려와서 존재론적인 사유를 노래한다. 나는 시인이 되기 전에 이것을 마이산 자락에서 뛰어놀면서 배

웠다. 흙과 물과 새와 짐승과 나무와 사람이 공존하는 법을
배웠다.

  섬진강의 발원지가 있는 나의 고향, 진안에서 저승꽃도
아름답다고 여기며 사시는 나의 아버지, 어머니께 이 시집
을 바친다. 우아하고 속이 깊은 나의 아내 이소연과 아들
이서진, 그리고 사랑하는 나의 가족들과 함께 첫 시집을 읽
는 기쁨을 누리고 싶다.

폭염의 그늘을 뚫는 매미 울음 깊은 8월
방학동에서
이병일

창비시선 350

옆구리의 발견

초판 1쇄 발행 / 2012년 8월 27일

지은이 / 이병일
펴낸이 / 강일우
책임편집 / 이하나
펴낸곳 / (주)창비
등록 / 1986년 8월 5일 제85호
주소 / 413-120 경기도 파주시 회동길 184
전화 / 031-955-3333
팩시밀리 / 영업 031-955-3399 편집 031-955-3400
홈페이지 / www.changbi.com
전자우편 / lit@changbi.com
인쇄 / 한교원색

ⓒ 이병일 2012
ISBN 978-89-364-2350-6 03810